[新概念阅读书坊]

总会有办法：让孩子独立的故事全集
ZONG HUI YOU BANFA RANG HAIZI DULI DE GUSHI QUANJI

主编◎崔钟雷

吉林美术出版社

图书在版编目（CIP）数据

总会有办法：让孩子独立的故事全集／崔钟雷主编．—长春：吉林美术出版社，2011.1（2023.6重印）
（新概念阅读书坊）
ISBN 978-7-5386-5048-8

Ⅰ．①总… Ⅱ．①崔… Ⅲ．①故事－作品集－世界 Ⅳ．①I14

中国版本图书馆 CIP 数据核字（2010）第 255552 号

总会有办法：让孩子独立的故事全集
ZONG HUI YOU BANFA：RANG HAIZI DULI DE GUSHI QUANJI

出 版 人	华 鹏
策 划	钟 雷
主 编	崔钟雷
副主编	刘 超 那兰兰
责任编辑	栾 云
开 本	700mm×1000mm 1/16
印 张	10
字 数	120 千字
版 次	2011 年 1 月第 1 版
印 次	2023 年 6 月第 4 次印刷
出版发行	吉林美术出版社
地 址	长春市净月开发区福祉大路 5788 号
	邮编：130118
网 址	www.jlmspress.com
印 刷	北京一鑫印务有限责任公司
书 号	ISBN 978-7-5386-5048-8
定 价	39.80 元

版权所有　侵权必究

前言 *Foreword*

阅读是一段开启心智的历程，阅读是一种与书籍对话的方式，阅读是一盏点亮灵魂的明灯！人们常说"开卷有益"，只要认真去阅读，用心去体会，就会从书籍中获取丰富的知识，获得源源不绝的力量！

为了开阔您的阅读视野，我们精心编纂了本套"新概念阅读书坊"系列丛书。阅读是一种自我充实的过程，读什么和怎样读都显得颇为重要，而我们的意旨在于为您提供一种全新阅读方式的可能！

本套丛书内容涵盖面广，设计新颖独到，优美的文章，精致的图片以及全新的阅读理念，必将呈现给您一场独特的阅读盛宴，愿您在享受这段新奇的阅读历程时，也会将之视为开启您阅读之门的钥匙，走进阅读的美好世界……

目录

第一章 乐观人生

乐观人生 ………………………………… 2

再添一把柴 ……………………………… 4

12 次微笑 ………………………………… 6

克尔的坚持 ……………………………… 8

信心让你变得杰出 ……………………… 10

埃米丽的神奇公式 ……………………… 11

你能实现梦想 …………………………… 13

永不放弃你的希望 ……………………… 15

最傻的人成功了 ………………………… 18

我肯定能行 ……………………………… 20

微笑是一种力量 ………………………… 23

细化自己的特长 ………………………… 25

每天都有彩虹 …………………………… 27

勤 ………………………………………… 29

希望是一只美丽的风车 ………………… 31

幸好还有梦想 …………………… 34

人散曲未终 ……………………… 37

做自己的预言家 ………………… 39

向你的对手敬酒 ………………… 43

渔夫的经验 ……………………… 45

流血不一定都是伤害 …………… 47

其实很简单 ……………………… 49

第二章 你敢想吗

成功未必穷奔跑 ………………… 52

窗台上的异鸟 …………………… 55

推销员的发现 …………………… 57

每天你有两种选择 ……………… 59

清晰你的人生目标 ……………… 61

独木桥的走法 …………………… 64

遇到狼就变成狼 ………………… 66

你敢想吗 ………………………… 69

机遇就在你身边 ………………… 71

像蘑菇那样成长 ………………… 73

人生的秘诀 ……………………… 76

学会在心底找路 ………………… 78

重要的是自己强大起来 ………… 80

坚定的信念 ……………………… 82

被"逼"出来的智慧 …………… 84
莫让你的孩子成为"寄居蟹" …………… 87
别让新奇的念头溜走 …………… 90
一生的计划 …………… 93
不冒险怎能成功 …………… 95
决定胜败的胆量 …………… 97
走在薄冰上 …………… 99
负重前行 …………… 101
走出枯井 …………… 103
一个欧洲打工仔的王朝 …………… 105

第三章 带着微笑上路

迈出一步并不需要很大的勇气 …………… 108
成功的路径不止一条 …………… 110

今天就出发 ………………… 112

真正的赢家 ………………… 114

建造自己的房子 ……………… 117

第一个被录取的人 …………… 120

身后的眼睛 ………………… 122

快乐是最好的药 ……………… 125

命运需要执着 ……………… 127

成功没有时间表 ……………… 129

勇敢面对自己的苦难 ………… 131

人生舞台的三个要素 ………… 133

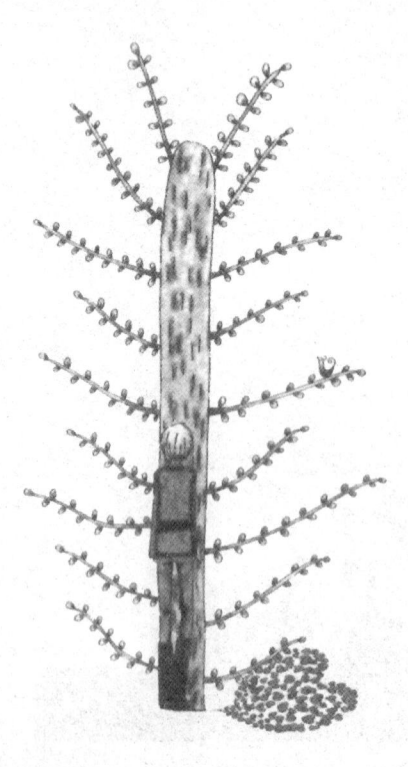

第一位黑人州长 …………………… 137

"狼"来时 …………………………… 139

磨剑与磨锥 ………………………… 142

没有翅膀也飞翔 …………………… 145

带着微笑上路 ……………………… 147

成功就是不断超越自己 …………… 150

第一章 Chapter 1

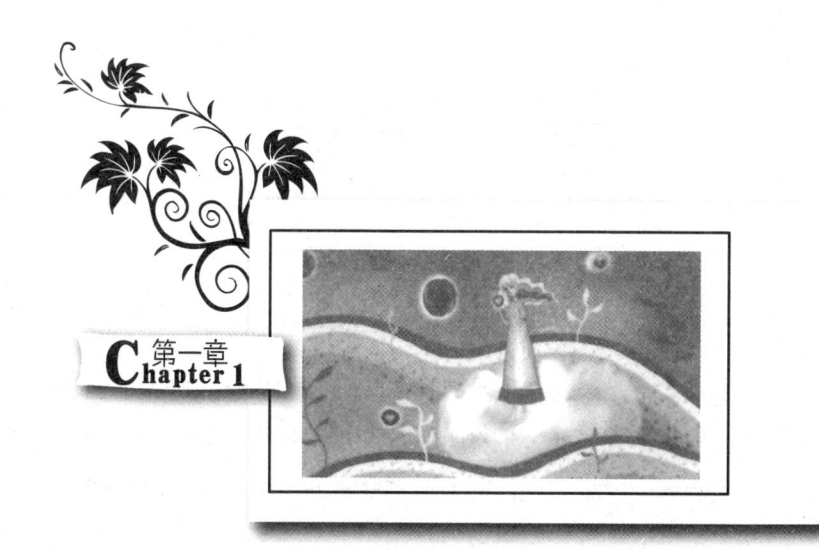

乐观人生

在乐观中撷取一份坦然,你的面前就会盎然多彩 在悲观中摘下一片沉郁的叶子,只能瓦解你积攒的力量。

乐观人生

艾明波

乐观之于人生,是浮荡在地平线那袅袅升起的热望与希冀,是普照生灵的不息的阳光,更是寻得一份旷达与美好的铺垫与勇气。

在乐观中撷取一份坦然,你的面前就会盎然多彩;在悲观中摘下一片沉郁的叶子,只能瓦解你积攒的力量。

有两个人同时遥望夜空,一个人看到的是沉沉的黑夜,而另一个人看到的却是闪闪的星斗。这就是乐观与悲观的区别。

在要付出巨大努力和经受众多无奈的尘世之中,守住一种乐观委实不易,那是坚忍的心才能支撑起来的恬淡的风景。

每每见一老者,已年逾古稀,生命的灯火已即将熄灭。然而他却异常开朗。他说:我天天晨起锻炼是为了证明生命的一种倔犟啊!

他常常见到一位跛者,便对他倍加怜爱。而他却告诉他:"你若觉得我可怜,那就错了,别以为我失去脚不能走路而生活困苦,我是用心在走路啊!"

听到这番言语,感受这种情韵,我不禁蓦然惊觉:这是乐观给予他们对人生的一种执着。众多的苦难在他们的心头渺然无痕,那么,我们为什么要让霏霏阴雨覆盖明朗之窗呢?于是我便定眼望一望前面漫长的道路,从容地昂起头来,乐观且自信地说一声:"走!"

我要对你说

乐观是一种精神,乐观是一种力量,它可以支持着我们走过苦难,迎来晴朗的明天。

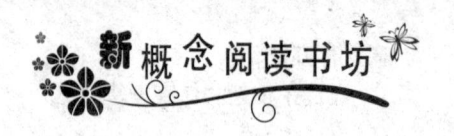

再添一把柴

梦天岚

有一个商人,有人问其成功的秘诀时,他只说了一句话:再添一把柴。

很久以前看过这样一幅漫画:一个挖井的人,他一连挖了好几口井,都没看见水。并不是没有水,事实上他只要将其中任意一口井再挖深一点点就行了,但他没有,结果所有的工夫都白费了。

在现实生活当中,我们总是抱怨这个世界提供给我们的机遇太少,而一旦机遇来了,抓住了,又抱怨成功太难。尽管我们曾经也投入过、拼搏过,但就在成功即将来临的时候,我们却退却了,放弃了。我的一位朋友就是这样:一个偶然的机会,他相中了一种新产品,并满怀信心地将它推向市场,一段时日后,这种新产品并没有像他预料的那样给他带来可观的利润,便咬咬牙又撤了回来。不久,这种新产品再次在市场上出现,竟然十分畅销。后来,朋友懊悔不已,说在这种产品

还没有被大众所了解和接受的时候他强调的只是结果,当这种产品逐渐得到人们的认同时,他却撤了回来,结果让别人捡了个大便宜。

其实,有时成功离我们只有一步之遥。关键时刻,也正是再添一把柴的时候。

再添一把柴,99摄氏度的水就能达到沸点!

我要对你说

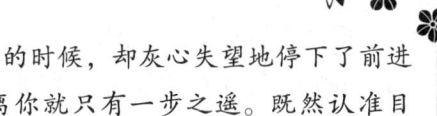

人们往往在快要接近成功的时候,却灰心失望地停下了前进的脚步,殊不知,幸运之神离你就只有一步之遥。既然认准目标,我们就要坚定、勇敢地走下去,成功就在不远处。

12次微笑

秦 明

飞机起飞前,一位乘客请求空姐给他倒一杯水吃药。空姐很有礼貌地说:"先生,为了您的安全,请稍等片刻,等飞机进入平稳飞行后,我会立刻把水给您送过来,好吗?"

15分钟后,飞机早已进入了平稳飞行状态。突然,乘客服务铃急促地响了起来,空姐猛然意识到:糟了,由于太忙,她忘记给那位乘客倒水了!当空姐来到客舱,看见按响服务铃的果然是刚才那位乘客。她小心翼翼地把水送到那位乘客跟前,面带微笑地说:"先生,实在对不起,由于我的疏忽,延误了您吃药的时间,我感到非常抱歉。"这位乘客抬起左手,指着手表说道:"怎么回事儿,有你这样服务的吗?你看看,都过了多久了?"空姐手里端着水,心里感到很委屈,但是,无论她怎么解释,这位挑剔的乘客都不肯原谅她的疏忽。

接下来的飞行途中,为了补偿自己的过失,每次去客舱给乘客服务时,空姐都会特意走到那位乘客面前,面带微笑地询问他是否需要水,或者别的什么帮助。然而,那位乘客余怒未消,摆出一副不合作的样子,并不理会空姐。

临到目的地前,那位乘客要求空姐把留言本给他送过去,很显然,他要投诉这名空姐。此时空姐心里虽然很委屈,但是仍然不失职业道德，显得非常有礼貌，而且面带微笑地说道："先生，请允许我再次向您表示真诚的歉意，无论您提出什么意见，我都将欣然接受您的批评！"那位乘客脸色一紧，嘴巴准备说什么，可是却没有开口，他接过留言本，开始在本子上写了起来。

等到飞机安全降落，所有的乘客陆续离开后，空姐本以为这下完了，没想到，等她打开留言本，却惊奇地发现，那位乘客在本子上写下的并不是投诉信，相反，这是一封热情洋溢的表扬信。

是什么使得这位挑剔的乘客最终放弃了投诉呢？在信中，空姐读到这样一句话："在整个过程中，你表现出的真诚的歉意，特别是你的12次微笑，深深打动了我，使我最终决定将投诉信写成表扬信！你的服务质量很高，下次如果有机会，我还将乘坐你们这趟航班！"

我要对你说

真诚的微笑是开启心门的一把钥匙，谁会拒绝一个带着真诚微笑的人呢？

克尔的坚持

李 岩

克尔曾经是一家报社的职员。他刚到报社当广告业务员时,对自己很有信心,他给经理提出不要薪水,只按广告费抽取佣金。经理答应了他的请求。

于是,他列出一份名单,准备去拜访一些很特别的客户。公司里的业务员都认为那些客户是不可能与他们合作的。

在去拜访这些客户前,克尔把自己关在屋里,站在镜子前,把名单上的客户念了10遍,然后对自己说:"在本月底之前,你们将向我购买广告版面。"

他怀着坚定的信心去拜访客户,第一天,他和20个"不可能的"客户中的3个谈成了交易;在第一个星期的另外几天,他又成交了两笔交易;到第一个月的月底,20个客户只有一个还不买他的广告。

在第二个月里,克尔没有去拜访新客户,每天早晨,那拒绝买他广告的客户的商店一开门,他就进去请这个商人做广告,而每天早晨,这位商人都回答说:"不!"每一次,当这位商人说"不"时,克尔就假装没听到,然后继续前去拜访。到那个月的最后一天,对克尔已经连着说了30天"不"的商人说:"你已经浪费了一个月的时间来请求

我买你的广告，我现在想知道的是，你为何要坚持这样做？"

克尔说："我并没有浪费时间，我等于在上学，而你就是我的老师，我一直在训练自己在逆境中的坚持精神。"那位商人点点头，接着克尔的话说："我也要向你承认，我也等于在上学，而你就是我的老师。你已经教会了我坚持到底这一课，对我来说，这比金钱更有价值，为了向你表示我的感激，我要买你的一个广告版面，当做我付给你的学费。"

我要对你说

坚持到底是一种信念，它可以化为前进的动力，鼓舞我们继续努力。相信总有一天，我们会看到希望的曙光。

信心让你变得杰出

[美] 罗伯特·舒勒

乞丐坐在画家工作间的马路对面。透过窗户,这位为他画像的画家为这个屈服于生活的压力、灵魂的深处透出绝望的人画了一幅脸部肖像素描。他不拘泥于形似,而是做了几处重要的改动。他在乞丐浑浊的眼中加了几笔,使双眸闪现了乞求梦想的倨傲不羁;他拉紧了这个男子脸上松弛的肌肉,使之看上去充满钢铁般的意志和坚定的决心。当作品完成后,他把那个穷困潦倒的人叫了进来,让他看那幅画。乞丐并没有认出画上的人就是自己。"这是谁?"他问画家。画家笑而不语。接着乞丐看到画中的人和自己有几分相像,犹豫着问道:"是我吗?画中的人会是我吗?""这就是我眼中的人。"画家回答道。乞丐挺直了腰杆,说:"如果这是您眼中的那个人,那他就是将来的我。"

即使是乞丐,身上也存在着杰出的品质!不要再默不作声了,你应直起奋进,竭尽所能,迈向成功。

我要对你说

一个人有了信心,就像花儿有了雨水的滋润,立刻会焕发出生命的光彩。人的潜能是无法估量的,而信心就是你发挥了潜能的导火线,点燃自信心的火种,你会知道你有多么优秀!

埃米丽的神奇公式

陈明聪

法国一位名叫埃米丽·库的药剂师，遇到有个病人手持药方坚持要买一种药，但实际上并没有那种药存在。面对这位顽固不化的病人，埃米丽想出了一条妙计，他极力向病人推荐一种新药，并声称这种药非常有效，而实际上那不过是一粒糖豆。几天后，病人再次来到诊所，声称身体已完全恢复健康并对药效非常满意。之后这种方式广为人知，还被称为安慰剂。

如果一句话就能医治小病，那它为何不能改变一个人的个性呢？

据此，埃米丽作了一个实验：他让一批成年人每人拿到10道难题，每个人的题目都一样，然后开始演算。当答卷交上来时，再宣布结果。事实上，告诉他们的答卷情况都是假的，埃米丽告诉他们，当中有一半人做得很好，10道题对了7道，另外一半人表现不好，10道题错了7

道。接下来又给每人发了 10 道题，第一轮中被表扬的人在这一轮中都有不错的表现，而被批评的人在这一轮中却表现更差了。

实验结果证明：参与实验的人，他们的自我意识都因某种"编程"受到了一定的影响，"编程"可能会使一组人的表现越来越好，也会使另外一组人的表现越来越差。这也能看出，过去取得成功的人一般都会坚持不懈，为自己确立更高的目标，让自己做得更好；反之亦然。

埃米丽发现实验结果与病人不药而愈的情况相吻合，只不过是试验中那些"编程"，诸如语言、信心、下意识的神奇力量出现在了医学上而已。

埃米丽很快就意识到了这个实验的意义，在以后的几年中，他创造出世界所接受的而且还改善了成千上万人的生活公式，这就是著名的埃米丽公式：

每一天，不管用什么方式，我都会变得越来越好。

他建议人们每天以一种单一的声调大声将这句话重复朗读 20 遍，注意，这要求你必须每天重复。

请不要轻易拒绝这样一个简单而有效的公式，持之以恒，潜移默化，你的个性就会发生令人吃惊的积极变化。

我要对你说

埃米丽的神奇公式实际是一种自我激励。积极向上的自我暗示是自信的表现，自信的力量是无穷的，可以给人带来前进的动力和对成功的渴望。

你能实现梦想

[美]维吉尼亚·萨迪尔

5年前,我到南方乡村搞福利工作。我要做的就是让每个人相信自己有自给自足的能力,并激励他们去实现自己的想法。

当我来到一个叫密阿多的小镇后,当地政府帮我召集了25个靠政府福利生活的穷人。我和他们一一握手后,问他们的第一个问题是:"你们有什么梦想?"每个人都用怪异的眼神看着我,好像我是外星人。

"梦?我们从来不做梦。做梦又不能让我们发财。"其中一个红鼻子寡妇回答我。

我耐心地解释道:"有梦想不是做梦。你们肯定希望得到些什么,希望什么事情能突然实现,这就是梦想。"

红鼻子寡妇说:"我不知道你说的梦想是什么东西。我现在最想赶走野兽,因为它们总是想闯进我家咬我的孩子。"大家都笑了起来。

我说:"哦!你想过什么办法没有?"她说:"我想装一扇牢固的、可以防御野兽的新门,这样我就可以出去安心干活。"我问:"有谁会做防兽门吗?"人群中一个有些秃顶的瘸腿男人说:"很多年以前我自己做过门,现在恐怕都不会了。不过我可以试试。"

接着我问大家还有什么梦想。一位单亲妈妈说:"我想去大学里学文秘,可是没有人照顾我的6个孩子。"我问:"有谁能照顾6个孩子?"一位

孤寡老太太说："我以前帮助别人带过不少孩子，我想自己能带好那些可爱的小家伙。"我给那个秃顶男人一些钱去买材料和工具，然后让这些人解散了。

一星期后，我重新召集那些穷人。我问那个红鼻子寡妇："你家的防兽门装好了吗？"

红鼻子寡妇高兴地说："我再也不用在家守护我的孩子了，我有时间去实现我的梦想了。"

我接着问秃顶男人感想如何。他对我说："很多年前我给自家做过防兽门，当时做得也不好，后来我就再也没有做过。这次我想一定要做好，结果真的做好了。许多人都说我很了不起，能做那么结实漂亮的门。"

我对需要帮助的穷人们说："这位先生的经历是个很好的例子，它说明梦想真的是可以实现的。好多时候不是我们自己没有本事，而是我们固步自封，不愿意去尝试，或者不愿意去努力。"

5年后，当我到密阿多回访时，当年那25个穷人中，只有6个智力低下的残疾人继续靠政府福利生活，其余19人都过上了自给自足的幸福生活：红鼻子寡妇种的咖啡收成很好；秃顶男人成了当地有名的木匠；孤寡老太太开了个托儿所；那个上完大学的单亲妈妈最优秀，她开了一家大家具公司，吸收了许多需要帮助的人到她的公司来就业。

我要对你说

每个人都有梦想，但如果不付诸行动，那梦想只会成为美梦，辛勤的努力一定会换来梦想的实现。

永不放弃你的希望

蒋光宇

一群狼被猎人赶进了一个洞里。

猎人在洞口安装了一只兽夹,哪只狼先出洞就会被兽夹夹住。不过,其余的狼就可逃脱了。

狼群在洞里饿了一天一夜,它们讨论谁先出洞的问题。

老狼说:"我年岁最大,我先出洞不太合适吧。"

小狼说:"我的年龄最小,不该我先出去。"

母狼说:"我家里还有三只狼崽等着我喂奶,你们忍心饿死它们吗?"

一只跛脚狼说:"我已经负伤了,应该照顾我。"

只剩下一只壮狼了,它说:"我可以先出去。不过,如果我最后冲

出去，我可以为大家报仇，去咬死猎人。"

几天后，猎人从洞里拖出一只又一只饿死的狼。

狼，本来是很聪明、团队意识极强的动物，但是，这群狼太自私，所以酿成了全部死亡的悲剧。

有时候，动物也是人类的一面镜子。

在一次隆重热烈的丰年庆典中，大酋长要求每一户家庭都要捐出一壶酒，并且倒在一个大桶里，以便大家共享。

只看到每一户都积极响应大酋长的号召，郑重其事地倒下家里酿的酒，很快就集满了一大桶。

在庆典接近尾声时，大酋长拔掉了大桶上的木塞子，往每个人的杯中都注满了酒。当大伙一饮而尽时，才发现喝下去的并不是酒，而是清水。

原来，家家户户都以为在那么多的酒中，倒入自己的一壶清水一定不会被察觉。

故事毕竟是故事，但故事的确反映了现实生活中存在的问题。

在城市楼房走廊中，每两户或三户人家的门外都有一盏共用灯。如果共用灯的灯泡坏了，有争先恐后换灯泡的人家，但不是很多。不少住户觉得这又不是自己一家的事，莫不如等一等，看一看再说。碰巧这个楼层的几户人家都这么想，你等一等看一看，我也看一看等一等，结果便是好多天没人换灯泡。大家摸黑上下楼，一黑就是好几天。说得难听一点儿，好像是在默默地较劲，看看究竟谁能坚持到最后。长此下去，就是原来一贯争先恐后换灯泡的人家，也难免灰心和消极下去。较劲到最后，往往是年纪大的人家先出来换灯泡，或者是老人自己换，或者是晚辈帮助换，因为年纪大的人比年轻人更需要光明。

一个家庭的成功，一个集体的成功，一个军队的成功，一个民族的成功，一个国家的成功，无一不是集众人之力的成功。拔河时，即使只少了一个人的力量，也可能导致整体的失败。天下兴亡，匹夫有责。天下好比大海，匹夫好比滴水。大海中有滴水，大海是由滴水组成的；滴水中有大海，滴水只有在大海中才能永生。大海不可轻视滴水的渺小，滴水也不可漠视对大海奉献的责任。

我要对你说

狼群因自私酿成的悲剧时刻提醒着人们：要团结一致，勇于奉献，敢于承担责任。只有这样才能使人与人更贴近，才能使社会变得更加和谐，才会提高我国的综合国力，使国家更加繁荣昌盛。

最傻的人成功了

感 动

在1862年,德国哥丁根大学医学院的亨尔教授迎来了他的新学生。在对新生进行面试和笔试后,亨尔教授脸上露出了笑容,但他马上又神色凝重起来。因为他隐约感觉到这届学生中的很大一部分人是他教学生涯中碰到的最聪明的苗子。

开学不久的一天,亨尔教授突然把自己多年积下的论文手稿全部搬到教室里,分给学生们,让他们重新仔细工整地誊写一遍。

当学生们翻开亨尔教授的论文手稿时,发现这些手稿已经非常工整了。所以几乎所有的学生都认为根本没有重抄一遍的必要,做这种没有价值而又繁冗枯燥的工作是在浪费自己的青春和生命,有这些时间,还不如发挥自己的聪明才智去搞研究。他们的结论是,傻子才会坐在那里当抄写员。最后,他们都去实验室里搞研究去了。让人想不到的是,竟然真有一个"傻子"坐在教室里抄写教授的论文手稿,他叫科赫。其实,科赫也不知道教授为什么要他抄写这些手稿,但他认为教授这样做应该有他的道理。同学们都开始取笑科赫,他们叫他"最傻的人"。

一个学期以后,科赫把抄好的手稿送到了亨尔教授的办公室。看着科赫满脸疑问,一向和蔼的教授突然严肃地对他说:"我向

你表示崇高的敬意,孩子!因为只有你完成了这项工作。而那些我认为很聪明的学生,竟然都不愿做这种繁重、乏味的抄写工作。

"我们从事医学研究的人,不光需要聪明的头脑和勤奋的精神,更为重要的是一定要具备一种一丝不苟的精神。特别是年轻人,往往急于求成,容易忽略细节。要知道,医理上走错一步,就是人命关天的大事啊!而抄那些手稿的工作,既是学习医学知识的机会,也是一种修炼心性的过程。"教授最后说。

这番话深深触动了科赫年轻的心。他意识到身为一名医学工作者的重大责任,在此后的学习和工作中,科赫一直牢记导师的话,他老老实实做最傻的人,培养自己严谨的学习心态和研究作风。这种做事态度让他在人类历史上首次发现了结核菌、霍乱菌。而第一个发现传染病是由于病原体感染而造成的人,也是这位叫科赫的"最傻的人"。1905年,鉴于在细菌研究方面的卓越成就,瑞典皇家学会将诺贝尔生理学与医学奖授予了科赫。

如果把科赫的经历和你周围的人相印证,你就会发现一个令人深思的问题:那些成功者,并不一定是很聪明的人,但他们必定是傻傻地专注于同一事物从不动摇的人。

我要对你说

"傻"是一种兢兢业业、不屈不挠的精神。正是有这种"傻"人,才能坚定不移地去实现自己的理想和抱负;才能勇于实践,开创自己的事业;才能使我们的世界更加美好。试问,这种"傻"何尝不是一种人生态度呢?

我肯定能行

刘 艺

那年,本以为能考上重点大学的我却意外落榜了。尽管父母支持我复读,但是我知道贫困的家已经拿不起我复读的费用了,所以我拒绝复读。

我回到家的第三天,村小学的老校长找到了我,说学校里急需老师,希望我能去给孩子们当老师。

第一堂课下课铃一响,我刚要走下讲台,有个孩子突然站起来说:"老师,你还没有告诉我们你的名字。"我循声望去,是坐在后面角落里的一个男孩。我看了看他,说:"你们以后喊我刘老师就可以了。"说完,我走下了讲台。刚走到门口,又听见那个男孩大声喊:"刘老师,我叫王勇敢,小名铁蛋。"身后,是同学们的哄笑声。

第二天上课的时候,我故意点了王勇敢的名,让他来读课文。刚点完名,下面便爆发出一阵哄堂大笑。我觉得很奇怪,示意同学们安静。当他读完课文后,我终于知道了同学们哄堂大笑的原因:王勇敢读得错字连篇。看来,王勇敢的学习成绩真够差的。尽管他读错了许多字,同学们不时地笑他,但他好像一点也不在乎,脸上带着憨憨的笑,仿佛他读得很好。

下课后,我在办公室和一位老师聊起了王勇敢。这位老师说:"这孩子说起来很可怜,他爹去年外出打工被车撞死了,他娘改嫁了,他跟着爷爷奶奶过。他学习差得很,9岁才上学,去年直接念的三年级,怎么能跟上呢?"

放学后,我在路上看见了王勇敢。他背着一个很破的布书包,一个人边走嘴里还边嘀咕着什么。我问:"王勇敢,你一个人嘀咕什么呢?""老师,我在背课文。"他说着,从书包里拿出语文课本,翻开其中一页,指着一个字问我:"老师,这个字念什么?"

我说:"这个字念'翼',以后遇到不认识的字,老师不在你就查字典。""老师,我没有字典,爷爷说等我语文考90分,就给我买本字典。我一定能行。"他说着攥了攥小拳头。回到家,我把自己上学时用的字典和文具盒等一些学习用品找了出来,送给王勇敢。王勇敢说:"老师,我一定要考个90分给你!"我看见他的眼里泛起了泪花。

期中考试后,四门课王勇敢只有数学一门课及格了。我担心他知道自己的成绩后会难过,就想找他谈心,安慰安慰他。没想到,我还没找他,他却找到我的办公室来了。他很高兴地对我说:"老师,老师,我的数学这次及格了!"看他一脸兴奋的样儿,我有些愕然,刚刚考及格,怎么这么高兴呢?"老师,这是我第一次考及格,我想,很快我就能给你考个90分了,你等着瞧吧!"王勇敢说完,就跑出了办公室,像只快乐的小鸟。

我怎么也想不明白,一个遭遇这么悲惨、学习成绩被别人远远抛在后面的孩子怎么会有这么难得的自信,这么难得的乐观?而我呢?曾经的豪情壮志经不起一次落榜的打击,曾经的梦想不知丢到哪里去了。那个学期,王勇敢是班里唯一没有缺课没有迟到的学生。虽然他没有考90分,但是期末考试他四门课全部及格了,尤其是语文成绩,竟然考了82分。虽然没考到90分,但他并未感到沮丧,只是很认真地对我说:"老师,我能行的,我一定能考个90分给你看,你等着瞧吧!"

现在,我已经成为一所重点中学的特级教师,而当年那个自信、乐观的小男孩王勇敢已经在上海一所大学读书。每一学年开学,我都把王勇敢和我自己的故事讲给我的学生听,我希望他们无论家庭是贫是富、学习成绩是好是差,无论遇到多大的挫折,都不要灰心,要坚信"我肯定能行"。

我要对你说

逆境虽然让人痛苦,但经历挫折失败,可以增加人生的财富。当挫折来临时,是正视,还是逃避?是勇敢地克服,还是一味地沉沦?选择不同的态度,就会拥有不同的人生。

微笑是一种力量

王国华

在进入这个家具公司之前,她先后干过不少工作——承包过农田,搞过运输,倒卖过袜子,还卖过雪糕。但是,都没有挣到钱。她是个离异的女人,没有年龄优势,长相不出众,学历也低。但是她必须到外面去谋生,孩子还小,两个人的生活重担都压在了她的身上。就在这种情况下,她应聘到这家由新加坡人投资的家具公司当工人。

最初同意留下她的是那位领班,他是个复员军人,为人很正直。领班负责湿板库,她则在这个库里干些杂活。她很珍惜这份工作,除本职工作外,她还尽量干些力所能及的分外活。半年后她被转为正式工人,工资由五百多元涨到八百多元。有一次,一个木材商因为木料验收问题和他们的老板发生了激烈争吵,最后甚至要撕破脸皮,法庭相见了。她在领班的推荐下,介入了这件事,最后把它处理得很完善。她也由此得到了老板的赏识,并发给她300元奖金。

这件事过去后,她很是高兴了一会儿,但马上又被悲观的现实拉回到愁眉苦脸的状态中——需要补充的是,她在这个家具公司工作了一年多时间,基本上就没有露过笑脸;而且天天穿着那套老旧的工作服,即使是下了班也懒得脱下来,就更不要提打扮和化

妆了。那段时间她的生活真是一团糟。

后来，领班荣升为公司的经理助理。在大家的眼中，他留下的领班这个位置非她莫属了。但是很意外地，经理助理提议让另外一个人来顶替他的空位。她有点儿疑惑地接受了这个结果。一天，他把她叫去，对她说："你怎么每天都没有笑容呢？"她说："就咱们眼前这些活儿需要笑吗？"他忽然显得严肃起来："还真让你说对了，依我看，确实是干什么都需要笑。你要是会微笑，干同样的活，你就能比别人省不少力气；相反，如果天天绷着脸，取得同样的成绩，你就要比别人多付出劳动，因为你的呆板损害了你的努力——我之所以把领班这个位置安排给另外一个人，就是因为她比你乐观。有时候，微笑也是一种力量啊……"

身边的人讲出来的道理，有时候要比从书上读到的那些东西更容易让人接纳。此后她把他的这句话记在心上，她开始试着用微笑来面对身边的一切。许多老朋友见了她，都说她跟以前大不一样了。其实她的生活状态并没有变化，变化的是她的内心。

这是一个真实的故事。她现在过得怎么样已经不再重要，但我们可以想象的是，以后，她的生活轨道将沿着另外一个方向伸展……

我要对你说

微笑，是开阔心胸的一种方法；微笑，是坚强的一种证明；微笑，是展现自我的一种象征。学会微笑，既是善待自己，也是善待他人。

细化自己的特长

王国华

在美国耶鲁大学的入学典礼上,校长每年都要向全体师生特别介绍一位新生。去年,校长隆重推出的是一位自称会做苹果饼的女同学。大家都感到奇怪:怎么只推荐一个特长是做苹果饼的人呢?最后校长自己揭开了谜底。原来,每年的新生都要填写自己的特长,而几乎所有的同学都选择诸如运动、音乐、绘画等,从来没有人以擅长做苹果饼为卖点。因此,这位同学便脱颖而出。

这真是一位聪明的学生。我想,如果当初她填上"擅长厨艺",结果会怎样?肯定不会像"做苹果饼"这么打动人心。其实,那些填写运动、音乐、绘画的,可能也就是会打打羽毛球、吹吹口哨或者画几笔素描。但是,他们不敢那样写,非要用一个大而笼统的概念把自己的特长掩盖起来。细细打量,这背后更多的是心虚。而细化自己的特长,则显示出一

种天真的可爱和拙朴,同时也是一种自信。我的一位朋友在求职时,在简历"有什么特点"一栏中写道:"说谎时容易脸红。"这比起那些自称"从不说谎"的人来,要真诚得多。有些特长虽然不伟大,不高贵,但是它照样可以让我们享受一生。细化它们,并张扬它们,你的自信便一点一滴地渗透出来。

我要对你说

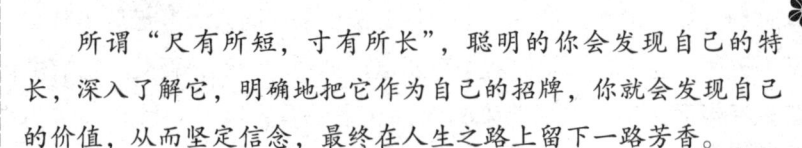

所谓"尺有所短,寸有所长",聪明的你会发现自己的特长,深入了解它,明确地把它作为自己的招牌,你就会发现自己的价值,从而坚定信念,最终在人生之路上留下一路芳香。

每天都有彩虹

李雪峰

一个年轻人每天经过一条街道上班时,都能看到一位满头白发的老人。老人坐在一个非常破旧的屋檐下,脸上绽放着幸福的笑容。年轻人很不解,那个老人的衣着很一般,脸上也没有好生活滋养出来的油色光泽,一点也不像富贵家庭中养尊处优的老人,而且那么老,一眼望去便能知道他已饱经沧桑。为什么这样的老人却有那么满足和幸福的神态呢?

有一天,心情郁闷的年轻人经过那个老人身边时情不自禁地停下了自己的脚步。他在老人身边蹲下来,小心翼翼地问老人:"老人家,您有一份退休金吗?"年轻人想,看上去这么满足的人,肯定会有一份不菲的退休金。但老人笑笑说:"退休金?我没有。"年轻人想想,又俯在老人的耳边说:"那您肯定有一笔丰厚的积蓄了?"

"积蓄?"老人听了,又笑着摇摇头说:"我也没有。"

年轻人想了想又问老人说:"那么您的子女一定生活得很不错,有自己的公司,或者身居要职吧?"

老人一听,又摇摇头说:"他们什么也没有,都不过是平常的工人,靠劳动挣工资,靠工资养家糊口而已。"年轻人一听,就更加不解了,他问老人说:"我每天从这里经过,见您都是很幸福、很满足的样子。老人家,您能告诉我这是为什么吗?"

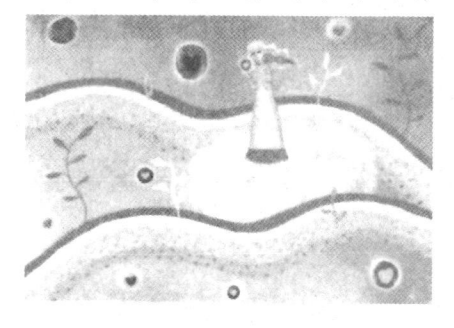

老人说:"我每一天都在看天上的彩虹呀。"每一天?年轻人更疑惑了,彩虹一年也就出现那么三两次,怎么会每一天都有呢?见年轻人不解,老人笑笑说:"我这一辈子,讨过饭,逃过荒,背井离乡十几年,曾经好多次死里逃生。唉,真是没少受过难,没少吃过苦,人生的酸甜苦辣,老头儿我都尝遍了,人生的辛酸泪水,我也流尽了。"老人又笑笑说:"可如今呢,我居有屋,食有粥,几个儿女虽说不才,却也每人都有一份自己的工作,都有一份自己的薪酬。小伙子,你说我能不感到满足和幸福吗?我能不每一天都看到彩虹吗?"

老人顿了顿,又感叹说:"其实哪一天没有彩虹呢?只是没流过泪的眼睛看不见,只要流过泪,人每一天都是能看到彩虹的。"

年轻人一听,心顿时一颤,是啊,哪一天没有彩虹呢?路上陌生人的一个微笑;朋友电话里的一个轻声问候;同事们的一次紧紧的握手;回到家里,妻子的一声轻轻嗔怪;女儿或儿子一个小小的亲昵的动作;出门时,父亲或母亲的一句浅浅的叮嘱……

哪一天没有彩虹呢?只是没流过泪水的眼睛不能轻易地看到。

每一天都有彩虹,只要我们能透过被泪水洗礼过的眼睛去看。

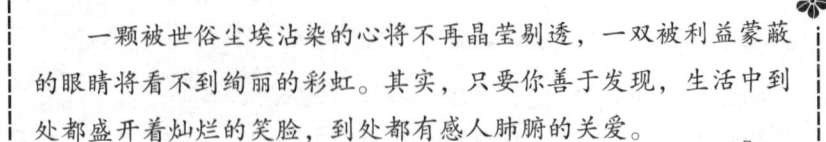

我要对你说

一颗被世俗尘埃沾染的心将不再晶莹剔透,一双被利益蒙蔽的眼睛将看不到绚丽的彩虹。其实,只要你善于发现,生活中到处都盛开着灿烂的笑脸,到处都有感人肺腑的关爱。

勤

梁实秋

勤，劳也。无论劳心劳力，只要竭尽所能尽力从事，就叫作勤。各行各业，凡是勤奋不怠者必定有所成就，出人头地。即使是出家的和尚，息迹岩穴，徜徉于山水之间，看破红尘，与世无争，他们也自有一番精进的功夫要做，于读经礼拜之外还要勤行善法不自放逸。且举两个实例：

一个是唐朝开元间的百丈怀海禅师，亲近妈祖时得传心印，精勤不休。他制定了"百丈清规"，他自己笃实奉行，"一日不作，一日不食"。一面修行，一面劳作。"出坡"的时候，他躬先领导以为表率。他到了暮年仍然照常操作，弟子们于心不忍，偷偷地把他的农作工具藏匿起来。禅师找不到工具，那一天没有工作，但是那一天他也就真格的没有吃东西。他的刻苦的精神感动了不少的人。

另一个是清初的以山水画著名的石溪和尚。请看他自题《溪山无尽图》："大凡天地生人，宜清勤自持，不可懒惰。若当得个懒字，便是懒汉，终无用处。……残衲住牛首山房，朝夕焚诵，稍余一刻，必登山选胜，一有所得，随笔作山水数幅或字一段，总之不放闲过。所谓静生动，动必作出一番事业。端教一个人立于天地间

无愧。若忽忽不知，懒而不觉，何异草木？"人而不勤，无异草木，这句话沉痛极了。过饱食终日无所用心的生活，英文叫 vegetate，意为过植物的生活。中外的想法不谋而合。

勤的后面是懒。早晨躺在床上睡懒觉，起得床来仍是懒洋洋的不事整洁，能拖到明天做的事今天不做，能推给别人做的事自己不做，不懂的事情不想懂，不会做的事不想学，无意把事情做得更好，无意把成果扩展得更多，耽好逸乐，四体不勤，念念不忘的是如何过周末如何度假期。这就是一个标准懒汉的写照。

恶劳好逸，人之常情。就因为这是人之常情，人才需要鞭策自己。勤能补拙，勤能损欲，这还是消极的说法，勤的积极意义是要人进德修业，不但不同于草木，也有异于禽兽，成为名副其实的万物之灵。

我要对你说

"勤能补拙是良训，一分辛苦一分才。"是勤奋让不灭的信念之火越烧越烈；是勤奋让追求的步伐愈加坚定；是勤奋让成功之翼振翅翱翔；是勤奋让梦想之舟扬帆远航……

希望是一只美丽的风车

古保祥

有位哲人说过:"生命原本是一个不断受伤又不断康复的过程。"因此,每每想起往事,我的心中总会充满莫名的感慨,许多回忆像微笑一样,带着一份阳光般的温暖和感伤,让人难以忘怀。

18岁那年,我没能冲上那座梦想了几千个日日夜夜的独木桥,望着桥上那些意气风发的同窗好友,我的心剧烈地疼痛着。

有一个星期,我始终活在高考失利的阴影下,索性关了门,谢绝所有的人,包括我的父母亲,一个人躲在自己的小屋里暗自垂泪。那时

候，我觉得上天对我太不公平了，为什么那么多人都冲过了最后的关口，而比他们优秀的我却跌倒在战场上？一向自信的我，从来没有受过如此的打击，难道命运是如此捉弄人，注定我终究走不出这生我养我却囿人视线的村落？

　　一天下午，可能父亲怕我闷坏了，要陪我去外面走走，我很不情愿地答应了。这么多天来，父亲从来没有责备过我，也没有像母亲那样苦口婆心地劝我。不高兴的时候，他只是一个劲儿地抽烟，一根接一根。

　　我们走在林边的小路上，父亲不说一句话，刹那间，我注意到父亲似乎苍老了许多。路边，一群小孩子正玩着风车，这种纸做的迎风转动的玩意儿是我小时候经常玩的玩具。由于没有风，我看见他们一个个哭丧着脸。父亲走到他们面前，问："你们为什么不玩风车？""没有风，风车不会转。"一个小孩稚嫩的声音。"我告诉你们，如果想要风车转动起来，你们不能在这儿等风，风是不会说来就来的，你们必须跑起来，你跑得越快，风车转得就越快……"父亲语重心长地对他们说，同时回过头看了我一眼。那几个孩子举着风车跑了起来，而那风车，由于受了外力的影响，转得越来越快，并伴着孩子的欢笑声渐行渐远。

　　我忽然明白了父亲的良苦用心，他用一个极平常的道理告诉我：不该这样沉沦下去。整日活在失败的阴影下，只会裹足不前。我需要的是跑起来，启动生命的风车，让它转动起来，这样，我才会有成功的可能。

　　原来，希望本身就是一只美丽的风车，如果想让风车转动起来，必须依靠风。但风不是时时刻刻都有的，它就像人生的机遇，稍纵即逝。

在没有风的情况下，要让风车转动起来，唯一的办法就是跑起来，跑得越快，你就越接近成功的彼岸。

从那天起，我从迷惘中苏醒过来，重新拾起书本，走上了自考的道路。两年后，我拿到了自考的大专毕业证，那一刻，我泪流满面。

现在，我在舒适整洁的办公室里，想起父亲的话仍会泪盈满眶：要想让风车转起来，你自己必须先跑起来，你跑得越快，风车就会转得越快！

我要对你说

要想转动命运的风车，就要迎着风奔跑；要想获得成功的人生，就要迎着困难前行。每一个梦想的实现都离不开艰苦奋斗的过程，向着梦想的方向努力奔跑，将失败甩在身后，你就会看到花在唱，草在笑，风车在轻舞。

幸好还有梦想

王丽萍

如果不是在美国，如果不是身在匹兹堡，我根本感受不到那里的人们对橄榄球的热衷、痴迷、忘情、疯狂……那个星期天的下午，我来到匹兹堡郊区格林斯堡小镇附近的沃尔玛，我被吓住了，偌大的一个超市里，几乎没有人，我穿行在货架中，因为没有人，竟然感到恐怖和怪异了！突然，一个老人叫住了我："嘿！你为什么不看比赛！你应该穿Steelers的衣服！"

哦，那天是匹兹堡钢人队和丹佛队比赛，结果匹兹堡钢人队赢了！

第二天在书店看书，陌生人都会笑着跟你说："Go Steelers！"四下里一看，哈！人人身上都是黑底黄字或者黄底黑字的衣服，大写道："加油！""我们爱你！""我们爱Ben！"据说，那Ben是球队的灵魂人物，是大家的英雄。

星期天，我来到匹兹堡，在市中心的广场，汽车已被禁止通行，无数的人潮水般涌来，两边的街道都被卖各种 Steelers 道具的包围。挤上去一看，果然丰富！印有球队标志的 T 恤，短袖的，20 美金一件，抢着买都买不到。看看领口上的商标，是中国澳门生产的。所有的衣服，印着 7 号的最抢手；一个小熊，因为穿了件球队的衣服，30 美元一个；挥舞用的拉拉队三角旗，要 10 美元；还有花样百出的围巾、茶杯、迷你橄榄球、口哨、项链等等。有一家五口引起了我的注意，爸爸和三个儿子的脸上都画了球队的符号，妈妈更搞笑，戴了顶夸张的高帽子，脖子上竟然画着她崇拜的球星！

哦！这是怎样的疯狂和痴迷啊！当晚看新闻，一个男人几乎带着哭腔对着镜头说："我们要赢！我们一定要赢！"而报纸上的标题是："幸好我们还有梦想"。

在接下来的日子里，我住的格林斯堡小镇，也为之骚动起来。平日里文质彬彬的人们，都穿上了球队的衣服。姐姐所在的匹兹堡大学，破天荒地希望老师们也穿上球衣，给球队加油；姐夫所在的公司，老板真诚地恳求道："如果大家愿意，就加入进来吧，我们一起为 Steelers 加油！"更有忠诚的球迷，卖掉了汽车，只为有钱可以飞到底特律换张入场券。

离开小镇的前一天，我被邀请到美国人布兰恩家做客。一开门，我克制不住地笑出了声。他们一家四口，身上、头上、脖子上，统统都是 Steelers 的装备！就连他家小狗的颈圈，也是典型的黄黑相间的球队标志。工程师布兰恩问我："难道你在中国就没有喜欢和支持的球队吗？"我犹豫了一下，说："我支持我们上海的足球队。"

布兰恩说，在钢铁工业衰败后，匹兹堡已经很多年没有如此激动和沸腾了。他说:"我们已经整整26年没有赢得总冠军了,在星期天的比赛里,我们要赢,这是我们的梦想!幸好我们还有梦想!"

在回国的第二天,我看见了新闻,上面这样写道:"第四十届NFL(美国职业橄榄球联赛),匹兹堡钢人队夺得冠军。"耳边突然响起了布兰恩的话:"幸好还有梦想!"

有梦想的人,是幸福的。

我要对你说

没有梦想的人就像船在海上航行没有方向一样,漫无目的。心无所托的人生只能是碌碌无为、暗淡无光的,所以,请鼓足勇气,坚定信念,为你心中的梦想去奋斗吧!那样的人生才有意义。

人散曲未终

[美]金姆·乍佐尔　彭嵩嵩　编译

我每天早上都会认真地读报纸上的讣告。早上，我的日程安排是这样的：先把今天的报纸在饭桌上打开铺好，喝上一小口咖啡，咬一口烤面包片，读一则讣告。把几个薄煎饼放到炉子上给5岁大的孩子热了吃，再读一则讣告。给3个孩子倒好果汁，喊着："赶紧装好书包！"再读几则，思考一下人生。把金枪鱼肉放在我的全麦面包上，凝视着照片上那些刚刚去世的人的笑脸。把9岁的女儿脸上的花生酱擦干净，吻别所有的孩子，坐下来再仔细读几则。

这听起来很古怪，我也知道这一点。我在一年之前从没注意过报纸上的讣告。我年纪不大，又是刚刚来到这座城市，根本不可能认识那些故去者。

一年前我的父亲去世了。他是一位了不起的父亲，优秀的医生，我们的导师和朋友，可是他忽然就离我们而去了。我们需要写一则讣告刊登在报纸的讣告栏里，因为不知道该怎么写，我就找来报纸，翻到那一版，读了起来。结果我意外地发现了一个全新的世界。从那以后，我就越来越关注这些小小的讣告了。

你也许认为，读讣告会让人非常悲伤，但实际上，读读讣告可以让人学到很多东西。比如说，因为你不可能把一个人一生所经历的事情都挤进一两段文字里，所以你必须要有所取舍。我注意到，没有一则讣告会提到那些鸡毛蒜皮的小事：诸如什么他心爱的人总是让他的妹妹烦心啦，他总是忘记做家庭作业啦，一天到晚看电视啦，乱糟糟的屋子啦，牙膏沫子弄得一水池都是啦，地板上堆的脏衣服啦。那些我们平常总是在意的事情都被过滤掉了，那些都无关紧要。

我们不再纠缠于那些可有可无的生活琐事，我们所能想到的，只有那些心爱的人在生活中最喜欢的事情。我们在心里给他们在天上的生活描绘出一幅幅让人悲喜交加的画面：他们和天使一起唱着歌，跳着舞，种着漂亮的西红柿。我们只能怀念那些让我们心中充满温情的东西：微笑、笑声、爱。我们在讣告里赞美那些热爱生活而且生活得很充实的人。

有一天，我读到一个儿子的温柔的话语："再见了，爸爸，愿您随上帝而去。"我的眼中不知怎么，落下一滴泪来。另一天，我读到一句很简单的结束语："然后，她飞走了。"顿时，我的心似乎被猛地撞了一下。我们写下那些讣告的时候，心里面装的都是温情。我们很庄重地写下亲人的人生。

我们终于说出了那些早就想说的话，让读讣告的人也决心早点跟亲人说出那些话来。不要等到一切都太晚了，毕竟，生命就像那些讣告一样，实在是太短了。

我要对你说

泰戈尔曾经说过："不要为错过太阳而哭泣，不然你也会错过群星。"生命中总有太多太多的美好等着我们去发现和享受，不要为生活琐事而烦恼，尽情享受生命的阳光，让心情在七彩的阳光下轻舞飞扬。

做自己的预言家

吴若权

回顾成长的岁月,有三件事离奇中又有点儿冥冥注定,每当我想起来的那一刹那,就会汗毛竖立、鸡皮疙瘩顿起,不得不对宇宙与自我之间的互动产生敬意!其中,两件是好事,一件是遗憾的事。

几年前,我家的房子过于老旧需要重新装修,我在整理收藏多年的书籍时,在自己高中二年级的国文课本最后一页,发现我在联考之前密密麻麻重复写下100次的预言:"我会考上政治大学,我会考上政治大学,我会考上政治大学,我会考上政治大学……"

当时,我的功课并不顶尖,每个学期在班上的排名大约是第10名到第20名,模拟考的成绩时好时坏,最好的状况也不过是全校第40名,加上高中联考时曾遭受重挫,对升学一直没有信心,唯一能凭借的只是不断用功苦读。我是不懂读书方法,只会死读书的那种小孩儿,在事倍功半的情况下,能如愿考上政治大学,实在是一则奇迹。

而更令自己觉得神奇的是,我几乎忘了自

己曾经如此认真地写下对命运的预言:"我会考上政治大学。"只是冥冥中一种信念的力量在催促着我用功而已。

事后,跟朋友聊起,他们都笑着说:"如果当年你写的是'我会考上台湾大学',也许命运又会不同。"

我同意他们的说法,也因此得到一个经验——要做梦,就做大梦,只要你意志坚定,并付诸行动,美梦就会成真。

第二次神奇的经历,发生在刚踏入社会的第五年。当时我转战于不同的职场,做了几份自己很喜欢但别人并不看好的工作。有一位十分关心我的长辈特地约我进餐,想要了解我为什么跳槽换工作,还在百忙之中为杂志撰写专栏。

记得那是个冬日的午后,阳光暖暖地洒在他的身后,我面对他,很恭谨地说:"我要成为一个快乐的多职人。"

他的笑容中带着几许惊异。在传统的观念里,这简直就是"不务正业"。

十几年后,再碰到这位长辈,他依然记得那个午后的对话,不过他的笑容里多了些许肯定,他说:"没想到所有的'不务正业'都变成你的'正业'。"

其实当年对他说"我要成为一个快乐的多职人"时,只是一个概念,我心中也没有多大的把握,后来能够梦想成真,的确要感谢很多人的帮忙。

第三件事,想起来就只有遗憾了。母亲被高血压、肾病等慢性病缠身多年,又有家族遗传性的糖尿病,我常担心她的病情恶化或意外中风。虽然也曾多次提醒她要遵照医嘱按时服药、多做运动。但我一忙,也就没有每天特别留意她的状况,倒是经常悲观地想起:"万一她意外中风时,我要怎么处理?"

几年前,当母亲在菜市场因为脑血管破裂而昏倒,我被通知前往抢救时,心里升起一个念头:"我最担心的事情,终于发生了……"

经过急救后,母亲的身体已经大不如前,幸好有父亲陪伴她接受长

期的治疗与复健，病情在医生的控制之中。每当看见父亲扶着母亲走路的样子，我便十分后悔当时有那个"万一她意外中风时，我要怎么处理"的坏念头；更遗憾的是，我既然有过这种坏念头，为什么没有适时预防它的发生。

这些事情带给我很大的启示：除非天灾，否则生命没有意外，每个人都可以成为自己的预言家！信念的力量往往可以跨越现实的阻碍，结合所有对你有利的条件，构成一个神奇莫测的磁场。

只要你愿意立定志向，努力付诸行动——

美梦可以成真，它是世间最美丽的"预言"；

噩梦可以避免，它是最值得警惕的"寓言"。

新概念阅读书坊

作家保罗·科贺在《牧羊少年奇幻之旅》一书中说:"没有一颗心,会因为追求梦想而受伤……当你真心渴望某样东西时,整个宇宙都会联合起来帮你的忙。"

我要对你说

在我们的人生之路上,每个人都有自己的梦想。既然选择了跋涉,就要不停行走,用汗水铺就道路,用飞扬的青春浇灌成功的花朵,让辉煌之路在脚下不断延伸……

向你的对手敬酒

张传岐

康熙大帝在继位执政60周年之际,特举行"千叟宴"以示庆贺。在宴会上,康熙敬了三杯酒,第一杯敬孝庄太皇太后,感谢孝庄辅佐他登上皇位,一统江山;第二杯敬众大臣和天下万民,感谢众臣齐心协力尽忠朝廷,万民俯首农桑,天下昌盛;当康熙端起第三杯酒时说:"这杯酒敬我的敌人,吴三桂、郑经、噶尔丹还有鳌拜。"宴会上的众大臣目瞪口呆。康熙接着说:"是他们逼着我建立了丰功伟绩,没有他们,就没有今天的我,我感谢他们。"

如果没有吴三桂这些敌人,康熙会成就一番丰功伟绩吗?历史不能假设,但有一句话说得好:"一个人的身价高低,就看他的对手。"没有对手,你看不出自己的价值,显示不出自己的能力。

对手总会给你带来压力,逼迫你去努力地投入"斗争"中去,并想办

法成为胜利者。在同对手的对抗中，你才能真正磨炼自己。从这一层意义上而言，你的对手是你前进的推动力，是你成功的催化剂。

生于忧患，死于安乐。如果你不想一生平庸，就微笑着迎接一切挑战吧。向你的对手敬杯酒，感谢他们给了你成就自己的机会。

我要对你说

人需要两面镜子，一面用来看清自己，一面用来窥伺你的对手。而我们面前的镜子常常形同虚设。背后的那面镜子才是照亮生活的明灯。若没有对手的鞭策我们便没有生活的多彩，生命的深刻。敬你，对手！

渔夫的经验

姜子渔

一群年轻人常常结伴在一泓深潭边钓鱼,令他们奇怪的是,有一个渔夫总是在深潭上边不远的河段里捕鱼,那是一片水流湍急的河段,雪白的浪花哗哗地翻卷着。

这群年轻人都觉得这个渔夫很可笑,在浪大且水流湍急的河段里,怎么会捕到鱼呢?有一天,有个好事的年轻人终于忍不住了,他放下钓竿走到渔夫面前,只见渔夫提起他的鱼篓往岸边一倒,顿时倒出一团银光。那一尾尾鱼不仅肥,而且大,一条条在地上翻跳着。年轻人一看就傻了眼,这么肥这么大的鱼是他们在深潭里从来没有钓到过的。他们在潭里钓上的,多是些小鱼,而渔夫竟在河水这么湍急的地方捕到这么大的鱼。这是为什么呢?

渔夫笑笑说:"潭里风平浪静,所以那些经不起大风大浪的小鱼就自由自在地游荡在潭里,潭水里那些微薄的氧气就足够它们呼吸了。而这些大鱼就不行了,它们需要水里有更多的氧气,没办法,只有拼命游到有浪花的地方。浪越大,水里的氧气就越多,大鱼也越多。"渔夫又得意地说,"许多人都以为风大浪大的地方是不适合鱼生存的,所以他们捕鱼就选择风

平浪静的深潭，但他们恰恰想错了，一条没风没浪的小河里是不会有大鱼的，而大风大浪恰恰是鱼长大长肥的条件。大风大浪看似是鱼儿们的苦难，但这些苦难却是鱼儿们的天然给氧器啊！"

　　大风大浪这些"苦难"是鱼的"给氧器"，而那些人生坎坷和困苦是不是我们人生的"给氧器"呢？我们总是在为自己寻觅人生的风平浪静，我们总是在为自己追寻生活里的和风细雨，我们是不是也如静潭里的那一尾尾小鱼呢？

　　水流湍急、浪花飞溅之处出大鱼，那么，命运沉浮、遭遇坎坷将砥砺出巨人。

　　谁说"大风大浪"一定是灾难呢？鱼儿就是在大风大浪中才能长大。

我要对你说

　　潭里的小鱼就像是温室中的花朵，经不起风雨的吹打，而大风大浪中的鱼儿就如同傲雪的梅花，在经历了苦难的磨砺后散发出沁人的花香。苦难的境地并不是让人颓废的地狱，而是磨炼人们意志的天堂。

流血不一定都是伤害

张 翔

2000年,是我最伤痛的一年。因为就在那年,我苦心经营的超市倒闭了。合作伙伴一哄而散,只留下我来收拾残局。我的情绪低落到深谷。

父亲并没有直接安慰我,他知道安慰的话都被我的亲朋好友说遍了,于是就和我聊起了多病的表哥。

表哥天生贫血,长大了也没有什么好转。于是,家里人拼命地为他补血,市面上各式各样的补品他都吃遍了,却依旧没有什么改善。但一次事故,却改变了表哥的一切。

那是一场突如其来的车祸。那天,正在念高中的表哥上了一天的课,放学从学校回家。路上,他又感觉到自己非常的疲惫,头又有些昏沉了。当他穿过一条大道的时候,出了车祸。

那一次,他流了很多的血,把家人的魂魄都吓飞了。连医生都说,再迟10分钟,这个本来就贫血的孩子就会因为流血过多而丧命。

然而,令人吃惊的是,他的伤好得非常快。病好后,他变得生龙活虎起来,脸上也泛起了大大的红晕。

于是,家人再带他去检查,竟然发现他的贫血症也没了,因此他不再贫血,变得健康起来。

医生是这样解释的：正是因为他先天贫血，所以在成长的过程中一直都被人呵护，没有受过什么伤害流过血，所以他本来不好的造血机制一直都没有被激活。而这一次大出血，正好激活了他的造血机制，生出许多新鲜血液，让他的血液系统变得规律起来，身体也就健康起来。

没想到一次事故，一次大出血，却让表哥从长久的顽症中挣扎出来，健康地活在世间。

父亲讲完表哥的故事后，意味深长地对我说："孩子，其实流血并不一定都是伤害，或许也有它有益的一面。"

听罢，我恍然大悟，开始总结自己的失败，然后再重整旗鼓，投入到新的事业当中，一切都变得更加明朗起来。

我要对你说

顺流的鱼永远得不到强健的体魄，迎风的草永远长不成参天大树，只有傲雪的松才有坚强不屈的躯干。人同样如此，逆境的千般困苦固然包含着血泪和汗水，但却能让人坚强淡定，充满了生生不息的力量，从而品尝到生命之泉的甘甜。

其实很简单

流 沙

自从邻居在屋檐上装了遮雨篷后,一到雨天,我再也无法入睡了。

雨篷是塑料的,雨打在上面,发出清脆的声音。白天倒罢了,到晚上,那声音特响,像钹锣一样,聒噪得让人头皮发麻。

好几次想去理论,但一想到他是某单位的领导,有过一段"横行"的故事,心里便怕怕的。

有几次,我在楼下遇上他,他们一家三口站在花圃边,那辆小车播放着音乐,他呢,翻着报纸。我就有一种欲望,和他沟通一下。但一看到他旁若无人的姿态,心中便打了退堂鼓。

前些天父亲来城里,刚好下大雨,父亲被那雨篷发出的声音吵得一夜无法入睡。第二天早晨,父亲对我说:"那邻居家怎么能这样,装这样一个雨篷,吵得四邻五居都不安生。"

我对父亲说:"他有权有势,咱惹不起。"

父亲却说:"有权有势又怎么了,总不能影响老百姓睡觉吧。"我苦笑着,不再说话。

有一天傍晚,我下班回家,刚走到楼下,邻居那车也到了,他从驾驶室里出来,唤住我,说:"那老人是你爸吧,他说我家那雨篷一到雨天特

吵人。真是对不起,我家前面那几个房间一直空着,是个储物间,我们自己没发现。我已经叫工人在上面铺了一层薄海绵,以后就不会响了。"

他关了车门,走上楼去,回头又笑笑:"真是不好意思。"

我呆住了。

一个困扰我多年的问题就这样轻而易举地解决了。可是,这小小的意见我怎么就不敢提呢?为什么我宁可忍受痛苦也不敢把自己的想法说出来?我突然发现,我是多么胆小的一个人,多么保护自己的一个人,我怕受伤,像一只都市蜗牛,小心翼翼地活着。

这是不是一种悲哀?

我要对你说

有时,人的思想有如荆棘,过多的顾虑如刺一般羁绊住人前进的脚步,但当生活向你敞开它真实的一面,人们却发现自己本以为复杂的事情背后原来那么简单,只是自己庸人自扰。试着让自己的生活返璞归真,试着斩断无聊的猜忌和顾虑,一切烦恼自然迎刃而解。

第二章 Chapter 2

你敢想吗

　　可能就是因为我们一个接着一个地掐灭了亮在内心的许多想法，从而一次次错失了走向成功的机会。

　　从这个意义上讲，**敢想**，给予我们的不仅是**前进的勇气**，更重要的是，我们的人生从此有了确定的目标。

成功未必穷奔跑

朱慧彬

公司扩大生产,要招聘一批本科毕业生,老总要亲自面试。应聘者们打着腹稿,准备发言。一位应聘者站起来说道:"多么奇妙的事情啊,强如狮子,弱似羚羊,差别不可谓不大,然而在物竞天择的广阔天地里,两者面临的压力都是同等的。可见,对手说到底也就是自己,要逃避死亡的追逐,首先就要战胜自己,必须越跑越快,因为稍一松懈,便会成为他人的战利品,绝无重赛机会。"台下响起了一片热烈的掌声。

另一位应聘者则道:"动物最大的敌人是自己,人类何尝不是这样?不管你是总裁还是清洁工,为了保住自己的职位,不都得尽心尽责,全力以赴吗?大家的选择都一样,要么做得更好,要么被淘汰。在新的一天来临时,还是对自己叫

一声'加油'吧!"台下又响起了一片热烈的掌声。

一个接一个的应聘者发表着观点。一个个意气风发,口若悬河。老总轻轻地点头。

终于轮到最后一位应聘者发表意见了。他语气沉重地说:"我也想给大家讲一个故事。父亲曾带我去海边度假,他是个小老板,看见一个穷汉躺在沙滩上晒太阳,想借机对我教育一番,便走过去批评穷汉:'你真懒,大好时间不去工作挣大钱,你看我,因为努力工作,现在要成为大富翁了。'穷汉问:'你成了大富翁有什么好呢?'父亲说:'我就有大把的钱去休闲度假晒太阳啊!'穷汉翻了个身,懒洋洋地说:'那你看我现在在干什么呢?'"

话音刚落,会议厅里一片唏嘘声。没料到他继续道:"我为大家讲的故事喝彩,但我更为我与父亲经历的这一个故事而感慨。其实我没有本科文凭,我只是名中专生。我这名中专生为了找到一份满意的职业先后跑破了三双鞋。可是无论我跑得多快,在招聘者眼中我依旧是只跑得慢的羚羊,他们几乎连我的材料都不看,便宣布我被淘汰。然而,成功无止境,奔跑无穷期。难道我们的人生理想就是奔跑、奔跑、不停地奔跑吗?如果人生的要旨就是必须在气喘吁吁的奔跑中获取、在气喘吁吁的奔跑中逃生,活着还是一件有趣的事吗?"

良久,会议厅里响起了一声清脆的掌声。掌声是老总发出的。他从皮椅上站起来,激动地说:"我一直以为,《狮子与羚羊》是一个催人奋进的故事,它曾激励我走过了艰苦的创业期。现在企业大了,重读这个故事,每读一遍,我都能悟到新的东西。我为这名中专生朋友的勇气感到敬佩,为他的逆向思维感到欣喜。我并不鼓励大家在工作上偷工减料,打折扣偷懒。但工作是枯燥的,我们要获得更大的成绩,除了要学会奔跑,更要学会休息,学会看好脚下的路。大家是否想过,狂奔的狮子与羚羊能欣赏草原的露珠和日出的绚烂吗?一个企业需要各种各样的人,需要跑得快的狮子拓展我们的市场,也需要跑得慢但很稳健的羚羊来打理我们的后方。看来我们的企业理念要不断创新。"

最后老总走到那名中专生面前握着他的手说："恭喜你，你这只'羚羊'被录用了！"

我要对你说

确定远大的目标固然重要，但也不要忽视了实现这个目标的过程。量的不断积累才能达到质的飞越，将目标明确化、具体化，你就会产生强大的动力去完成它、实现它。否则，你的目标将永远只是一个远大而又遥不可及的梦想，永远都不会有实现的那一天。

窗台上的异鸟

董玉洁

差不多每个星期天的下午,我都在书桌前雄心勃勃地盘算着、折腾着……

那天,一抬头,透过窗子看见对面楼房的窗台上歇着一只奇异的鸟,金黄的背羽,头上扬着根红色的长翎,气宇轩昂地踱着步,然后悠闲地梳理起羽毛。

这只长翎彩鸟我从未见过,但一点也不觉得陌生,似乎是等了很久盼得很苦的那只,一下子就抓住了我的眼神、我的心。我要它歇上我的窗台!

我小心地打开窗子,异鸟警惕地停止了梳妆。我弄了些面包屑撒在窗台上,异鸟平静下来,兴致勃勃地打量起我。我小声地唤着它,异鸟不停地冲我转动着脑袋和脑袋上的长翎,我知道那是它微笑的方式。但一不小心,我碰倒了桌上的茶杯,异鸟一展翅就消失了。

我抓起望远镜冲上楼顶四处寻望,可了无踪影。

返身回屋,我把茶杯砸向楼底的垃圾堆!

接下来的好几个星期天,我都守在书桌前,欣赏彩鸟在对面的窗台上踱方步、梳羽毛。可无论我如何大献殷勤,它就是不肯接近我的窗台。几次抱着相机想进到对面人家的房子里去拍几张鸟的照片，可主人总是不在。

　　终于有一次，鸟在的时候，主人也在。说明来意，女主人很爽快地引我进去。为了拍得更逼真，我努力靠得更近，差不多到了极限近距点才停住脚步。就在我对好焦距准备按下快门的那一瞬，鸟发现了我，一跃就从取景框里消失了。

　　我直跺脚：为什么一定要靠得那么近，我真贪！

　　女主人问："你干吗费这么大的劲？"

　　"你可不知道，这鸟非常漂亮非常奇异！"我答道。

　　"不是，我是说，你干吗费劲儿跑来跑去的，其实那鸟常常就歇在你们家窗台上。"

　　"你是说，那鸟也歇在我家的窗台上？不会吧？"

　　"怎么不会呢？我还对我们家人说过，那鸟说不定是你们家养的呢。瞧，瞧，你快瞧，现在不又歇上你们家窗台了吗？"

　　真的，那神奇的彩鸟正悠闲地在我的窗台上踱着方步，还好奇地往窗里探望着，一定看见了我书桌上那些记述它的文字。

　　我转身下楼的时候，中年妇女不经意地说："有些东西，只要你不刻意守着，说不定它就会来。"

我要对你说

　　生活中的美好就像手中的沙，抓得越紧，撒得越多。不要给自己太大的压力，放轻松一些，其实美好的东西就在你的身边，只是你未曾发觉。

推销员的发现

姚 娜

山田是一位拥有出色业绩的推销员，他一直都希望跻身于最高业绩的推销员行列中。但是一开始这只不过是他的一个愿望，他从没真正去争取过。直到三年后的一天，他想起了一句话："如果让愿望更加明确，就会有实现的一天。"

于是，他当晚就开始设定自己希望的总业绩，然后再逐渐增加，这里提高5%，那里提高10%，结果顾客就增加了20%，甚至更高。这激发了山田的热情，从此他不论遇到什么状况，做任何交易，都会设立一个明确的数字作为目标，并在一两个月内完成。

"我觉得，目标越是明确，越感到自己对达成目标有种强烈的自信与决心。"山田说。他的计划里包括"我想得到的地位，我想得到的收入，我想具有的能力"，然后，他把所有的访问都准备得充分完善。相关的业界知识加之多方面的努力积累，终于使他在第一年的年终创造了空前的业绩。以后的年头效果更佳。

新概念阅读书坊

　　山田自己做了一个总结:"以前,我不是不曾考虑过要扩展业绩、提升自己的成就,但是因为我从来只是想想而已,不曾付诸行动,当然所有的愿望都落空了。自从我设立了明确的目标,以及为了切实实现目标而设定具体的数字和期限后,我才真正感觉到,强大的推动力正在鞭策我去达成它。"

我要对你说

　　确定远大的目标固然重要,但也不要忽视了实现这个目标的过程。量的不断积累才能达到质的飞越,将目标明确化、具体化,你就会产生强大的动力去完成它、实现它。否则,你的目标将永远只是一个远大而又遥不可及的梦想,永远都不会有实现的那一天。

每天你有两种选择

晓 商

每天,当你从睡梦中醒来,睁开眼睛,你便面临两种选择:快乐地迎接这一天,或者是一整天都闷闷不乐。

杰里是一家餐厅的老板,他生性乐观,善于激励别人。如果谁有烦心事向他求助,他总会告诉求助者要看到事情好的一面。

一次,杰里遭人抢劫,腹部中了三枪,生命垂危,可是不久他便出院了。杰里的同事很惊讶:"身体这么快就好了?"杰里哈哈一笑:"当然,想不想看一看我的伤疤呀?""可是,你的伤势实在是很严重啊!中弹时,你在想些什么呢?"同事不解地问。杰里拍了拍同事的肩膀:"我想到我有两种选择,一是选择生,一是选择死。而我毫不犹豫地选择了生。所以,我认定我去的那家医院是全国最好的,那里医生的技术更是一流的。"

杰里喝了点水继续说:"可是,他们在手术时好像是把我当成死人来治疗,我向医生们做了个鬼脸,使劲地喊了起来:'啊,我过敏呀!'他们问我对什么过敏,我指了指小腹,假装哭了起来:'肚子里有三颗子弹啊!'那时,我简直像个孩子,惹得医生们都大笑了起来。就这样,我的手术顺利地做完了,而我也从死人变成了活人。"

一天,一个朋友问杰里:"我不明白,你不可能一直都保持积极乐观的心态吧,你是怎

样做到的呢?"杰里笑着回答说:"每天早晨我醒来后就对自己说:'杰里,今天你有两种选择。你可以选择一个好心情,也可以选择一个坏心情。'我选择了好心情。每次坏事发生的时候,我可以选择成为受害者,也可以选择吸取教训,我选择了吸取教训。每当有人向我抱怨时,我可以选择听取抱怨,也可以选择给他们指出生活中积极的一面,我选择了指出他们生活中积极的一面。其实,生活就是由许许多多的选择构成的呀!"

我要对你说

我们每个人每天都面临两种选择:积极的和消极的。无论哪种选择都源于我们自己的心态,心态决定了我们的心情,而选择决定了我们的人生方向。让我们积极地面对生活,理智地作出选择吧!

清晰你的人生目标

崔修建

哈佛大学的一个人力资源研究课题组曾经对数百名智力、家庭、学历、生活环境等综合条件相差无几的年轻人进行了一次问卷调查。其中关于人生目标明确度与长度的统计结果如下：

27%的人没有人生目标；60%的人有模糊的人生目标；10%的人有清晰的短期人生目标；3%的人有清晰且长远的人生目标。

25年后，该课题组对当年接受问卷调查的人进行了跟踪调查，统计的结果表明：被调查者当前的生活状况，与他们当年的人生目标调查情形联系极为密切，密切得颇为耐人寻味。

当年占3%的人生目标清晰而远大者，在随后的25年中，每个人的经历各不相同，其中有的还遭遇过令人难以想象的人生挫折，但每个人都不曾改变过自己当初的人生目标，他们朝着自己年轻时选定的人生目标奋斗不止。结果，他们都成了社会各界的顶尖成功人士，其中不乏白手起家的创业者。

当年占10%的那些人生目标清晰却短暂的人，各自经过一番努力拼搏后，大都拥有了一份相对体面的工作，成为各行各业的

专业人才，如教授、医生、工程师、部门经理等等，他们如今大都生活在社会的中上层，事业和生活状况都在稳步上升。

当年占60%的人生目标模糊者，他们在后来的日子里大都没有进取的动力，喜欢随遇而安，虽然大多数人都拥有了一份较为稳定的工作，但他们的生活大多较为平淡，也没有什么特别的成绩可言。

而剩下的那27%当年没有什么人生目标的人，25年后几乎不约而同地沉落到了社会的最底层，他们许多人没有稳定的工作和收入，生活窘迫，情绪低落，常常自怨自艾，常常抱怨他人、抱怨社会。

主持这一课题研究的比尔·坎贝斯博士在他的研究报告中深切地总结道："其实，有些问题非常简单，赢得人生的辉煌，最重要的便是拥有一个清晰的人生目标。那些旗帜一样飘扬在每个人生命旅途中的目标，越是远大而清晰，越能够激发人们奋斗的热情，越能够促使人们挖掘出自身的巨大潜力。"

是的，无论是眺望历史，还是打量现实，我们都会十分容易地发现：那些业绩卓然的成功者，原本综合素质与众人并无多少明显的差异，只是他们因心中有了明确的追求目标，有了梦想热烈的召唤，从而有了顽强拼搏的激情，有了不断进取的坚韧，有了虽经坎坷依然坚定向前的执着。最终，他们才拥有了令人羡慕的骄傲人生。

印在《中国青年》封面上的那句励志语——"奋斗改变命运，梦想让我们与众不同"——之所以受到无数年轻或已不年轻的读者的广泛喜爱，就在于它告诉了人们：目标与奋斗，在每个人的生命中都是不可或缺的。有时，即使仅仅是一个绚丽的甚至遥不可及的梦想，也同样可以迸发出神奇的力量，可以推动着我们走向理想的彼岸。

能够朝着自己清晰的人生目标，

自信而从容地设计自己的人生，这是我们梦寐以求的最佳生活境界。难怪歌德这样感慨："能够把自己生命的终点和起点连接起来的人，是这个世界上最幸福的人。"如是，我们就没有理由拒绝那闪耀在心灵高地上的清晰而绚丽的目标，没有理由不为那样美好的目标而抛洒心血和汗水。

我要对你说

目标如同人生路上的灯塔，为你指引着前进的方向，即使路途遥远，荆棘丛生，转角颇多，它也始终在远方闪着独具魅力的光芒，吸引你、鼓励你、牵动你，让你不惜历尽千辛万苦去追随它、走近它、获取它。

独木桥的走法

英 涛

弗罗姆是一位著名的美国心理学家。一天,几个学生向他请教:心态对一个人会产生什么样的影响?

他微微一笑,什么也不说,就把他们带到一间黑暗的屋子里。在他的引导下,学生们很快就穿过了这间伸手不见五指的神秘房间。接着,弗罗姆打开房间里的一盏灯,在这昏黄如烛的灯光下,学生们才看清楚房间的布置,不禁吓出了一身冷汗。原来,这间屋子的地面就是一个很深很大的水池,池子里蠕动着各种毒蛇,包括一条大蟒蛇和三条眼镜蛇,有好几只毒蛇正高高地昂着头,朝他们吱吱地吐着芯子。就在这蛇池的上方,搭着一座很窄的木桥,他们刚才就是从这座木桥上走过来的。

弗罗姆看着他们,问:"现在,你们还愿意再次走过这座桥吗?"大家你看看我,我看看你,都不做声。

过了片刻,终于有三个学生犹犹豫豫地站了出来。其中一个学生一上去,就异常小心地挪动着双脚,速度比第一次慢了好多;另一个学生战战兢兢地踩在小木桥上,身子不由自主地颤抖着,才走到一半,就挺不住了;第三个学生干脆弯下身来,慢慢地趴在小桥上爬了过去。

学生们没有做声。"你们为什么不愿意呢?"弗罗姆问道。"这张安全网的质量可靠吗?"学生心有余悸地反问。

弗罗姆笑了:"我可以解答你们的疑问了,这座桥本来不难走,可是桥下的毒蛇对你们造成了心理威慑,于是,你们就失去了平静的心态,乱了方寸,慌了手脚,表现出各种程度的胆怯——心态对行为当然是有影响的啊。"

其实人生又何尝不是如此呢?在面对各种挑战时,也许失败的原因不是势单力薄,不是智能低下,也不是没有把整个局势分析透彻,而是把困难看得太清楚、分析得太透彻、考虑得太详尽,才会被困难吓倒,举步维艰。倒是那些没把困难完全看清楚的人更能够勇往直前。

如果我们在通过人生的独木桥时,能够忘记背景,忽略险恶,专心走好自己脚下的路,我们也许能更快地到达目的地。

我要对你说

在生活中阻碍我们前进的往往不是难以克服的困难,而是内心恐惧的心态。放下心中的包袱,乘着理想的风帆迎风起航,你会觉得轻松而快乐,胜利会在前方向你微笑。

遇到狼就变成狼

周 正

如果在野外碰上一群狼,你的第一反应是什么?

有人说跑,有人喊打。

但是,稍微有点野外生存知识的人都知道,遇到野兽,最忌讳的就是扭头就跑。就是速度再快怕也跑不过四条腿的野兽吧!而且,只要你一转身,作势要跑,那么狼马上就知道了你一定比它弱,所以第一个咬的就是你。

向前跑,是追逐,代表着一种积极的性格;向后跑,是逃避,反映在人格上,就是不敢面对现实,胆小懦弱。

公司里选拔留学深造的对象,只有6个名额,7个候选人中你占了一个。领导一看名单,想都不想就把你排除了。为什么?因为谁都知道你向来与世无争,不出风头啊。别人抢了你的客户,你说:"算啦,算啦,同事一场。"别人抢了你的职位,你说:"无所谓,什么活儿不是干呀!"别人指使你做完这个再做那个,你总是好脾气:"行行行……这样行,那样也行……"你看破红尘,不争名利,在这紧要关头,不删你删谁啊?要知道,容忍要有限度,善良并不是终极品质。当你遇到一只狼的时候,它会把你的过分退让当成怯懦,从而将你彻底吃掉。那时,你连反抗的机会都没有了!

既然沉默或者退让等于牺牲,那么就拼了吧——打!

希特勒把世界看成他面前的"狼",于是打了。打下整个法国只用了一个多月,算是够厉害的了,但最后却难逃自杀、被焚尸的下场。比希特勒更能打的是斯大林。第二次世界大战的时候，希特勒的军队闪击波兰，攻下法国的防线，空袭英国，席卷整个欧洲，最后却被苏联红军一举拿下。你可能搞得定一个、一时，但你打不赢一群、一世。

所以，著名经济学家茅于轼先生说："我们发展得慢，就是因为我们的动作太快。遇到麻烦，首先就是对着干。"

打，没有出路。

那么，如果当真掉进狼群里，到底该怎么办呢？不妨将这个疑问先放在肚子里酝酿一会儿，先听我讲个故事。

这是"海尔"的总裁张瑞敏先生讲过的例子：有个日本商人做微波炉生意，当年要进入美国市场的时候，他发现美国人凡事都喜欢大的，房子要大，车要大，冰箱要大，电视要大……于是他就把微波炉也做得很大。结果，真的很受欢迎，赚了一大笔钱。后来，有一个贵妇给自己的宠物洗完澡，突然想起了微波炉，说明书上说用于加热，于是她就把爱犬给塞了进去，后果可想而知。那贵妇和她的爱犬感情深厚，一怒之下就将这位商人告上了法庭。要是这事儿放在中国，谁都会认为那个贵妇太蠢，明摆着的错误她非要犯啊！但是，美国人可不这么想——微波炉的说明书并没写不能给活物加热啊。最终，美国的法律判那个贵妇胜诉，责令商人赔偿她的损失。那可是一条名犬，商人狠赔了一笔，那个倒霉的日本人最后得出结论说：美国人的思维就是那么直接，他们不是人，更像是狼。

现在你明白该怎样对付这群狼了吗？对，你也变成狼，用狼的思维来考虑，那么自然就不会被咬伤了。

遇到狼先变成狼，这是最

好的方法。那个日本商人原也是懂得这条道理的,所以先摸清了美国人喜欢大的脾性,然后让自己顺应趋势,把微波炉也做得很大。事实证明,他的这次蜕变是正确的,也在市场上盈利不少。然而,坏就坏在他蜕变得还不够彻底,没弄清美国人的思维方式就是直线型的,所以最终"丧命狼口"。

　　大到一个物种,小到一个团体,在它慢慢形成的过程中就逐渐形成了自己的文化和风格。对于想要涉足这个团体的人来说,这些已然成形的规则就像一把利剑,顺我者昌,逆我者亡。如果你能很好地理解这个团体,并且让自己的处事风格符合它的标准,那么你就能很好地在其中存活,甚至利用这个团体壮大自己。相反,如果你违背了团体的标准,那就只有死路一条。

　　生活中,谁也免不了要遇到各种各样的挑战、压力和麻烦。这时候就好像遇到了一群狼,我们到底该怎么办呢?不逃避、不对立,用狼的眼睛去查看,用狼的思维去思考,这样狼群的威胁也就能悄然化之了。

我要对你说

　　做人要懂得变通,蛮力不是解决问题的唯一手段,如果遇到非常强大的对手,我们无法打败他们,怎么办?先贤告诉了我们正确答案:"如果不能打败他们,就试着和他们交朋友。"

你敢想吗

于玲玲

亨利·福特出生于1863年7月30日,当时正是美国南北战争时期。他的家乡在美国密歇根的农村里,那是一个很平静和缺少帮助的村子。在这种环境下生活,什么都要自己做。

小福特的动手能力非常强,很喜欢做一些小玩意,年纪很小时就会修钟表了。后来,福特在底特律的一家商店里做职员时,晚上就帮人修钟表。生活很穷苦,可是,爱动手动脑的福特并没有被穷苦的生活吓倒,他依然陶醉于新机器的发明。不久,福特不得不回到父亲的农场里帮忙。在那里他常常帮村里的人修理坏了的蒸汽机,还亲手制作了他们家乡的第一台"农场火车",以蒸汽为动力,能行走12米。

1888年,福特结婚了。可是,他并没有忘记自己的事业,他要制造出"无马马车"。有一天他突发奇想,产生了一种要设计一种新型引擎的想法,于是他把这个念头告诉了妻子,妻子鼓励他说:"试试吧,或许能成功。"于是,福特每天下班以后,就悄悄钻进自己家的旧棚子里,着手干这件事。冬天到了,他的手背冻出了

许多紫包,牙齿也在寒风中颤抖不止,但他对自己说:"引擎的事已经有了头绪,再坚持下去就成功了。"1893年,亨利·福特和他的妻子驾着一辆没有马的"马车",在大街上摇晃着前进,街上的人被这种景象吓了一跳,有些胆小者还躲在远处偷偷地观看。但就从这一天起,一个新的工业时代诞生了。不久,福特正式成立了福特汽车公司。

后来,福特又突发奇想,在大家都认为不可能的情况下,他设计并制造出著名的"T"型汽车,获得美国人的青睐,后来还远销全世界。

有时,我们会有这样的感叹,以为机遇总垂青于别人,成功遥不可及。实际上,对于我们所追求的目标,有时候我们连想的勇气都没有,又怎能够谈成功呢?

更多的时候,我们迷失了,活得不知所措。可能就是因为我们一个接着一个地掐灭了亮在内心的许多想法,从而一次次错失了走向成功的机会。从这个意义上讲,敢想,给予我们的不仅是前进的勇气,更重要的是,我们的人生从此有了确定的目标。

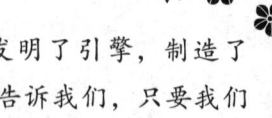

我要对你说

亨利·福特因为自己心中的念头而发明了引擎,制造了"T"型汽车,获得事业的成功。他的事迹告诉我们,只要我们心中有梦想,只要坚持不懈地努力奋斗,便一定会成功。

机遇就在你身边

胡云龙

在意大利流传着这样一个故事：

在威尼斯的一个小村落，有一天，下了一场非常大的雨，洪水渐渐上涨。一位受人敬仰的老神甫此刻正在村里的教堂祈祷，只见洪水已经淹到他跪着的膝盖了，一个救生员驾着舢板来到教堂，对神甫说："神甫，赶快上来！不然洪水会把你淹没的！"神甫说："不，我深信上帝会来救我的，你先去救别人好了。"

过了不久，洪水已经淹过神甫的胸口了，神甫只好勉强站在祭坛上。这时，又有一个警察开着快艇过来，对神甫说："神甫，快上来！不然你真的会被洪水淹死的！"神甫说："不！我要守着我的教堂，我相信我的上帝一定会赶来救我的。你还是先去救别人好了！"

又过了一会儿，洪水已经把整个教堂淹没了。神甫只好紧紧抓着教堂顶端的十字架。一架直升机缓缓飞过来，丢下绳梯之后，飞行员大叫："神甫，快上来，这是你最后的机会了，我们不想看到洪水把你淹死！"神甫还是意志坚定地说："不，我要守着教堂！上帝会来救我的！你赶快先去救别人，上帝会与我同在的！"可

是，不久洪水就滚滚而来，固执的神甫终于被淹死了……

　　神甫上了天堂后，见到上帝，他很生气地问："主啊，我终生奉献自己，兢兢业业地侍奉您，为什么您不肯救我？"上帝说："我怎么不肯救你？第一次，我派了舢板去找你，你不要，我以为你担心舢板危险；第二次，又派了一艘快艇去，你还是不上船；第三次，我以国宾的礼仪待你，派一架直升机去救你，结果你还是不愿意接受。所以，我以为你是急着回到我身边，想好好陪我。"

我要对你说

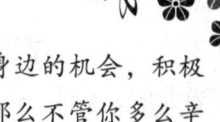

　　我们总是在等待机遇，却又无心地错过了身边的机会，积极的行动远比等待更重要。如果总是麻痹大意，那么不管你多么辛苦，也不可能改变自己的命运。

像蘑菇那样成长

姜钦峰

紫烟是一家房地产公司的新人，试用期三个月，正式录用后薪水翻番。从收到录用通知的那天起，她就制订了一个宏伟的"五年计划"：一年加薪，三年成为业务骨干，五年内做到部门经理。

上班的第一天，她去人事部报到之后，被安排在行政部。同事们见了她只是淡淡地打个招呼，就各忙各的去了。紫烟无所事事，心里隐隐感到有点失落。第二天，她就主动跑去向经理请战，得到的答复是："你才来上班，主要是多看多学，现在也没什么特别适合你的事，你就见机行事吧。"过了些日子，紫烟渐渐忙碌起来，终于明白，所谓的"见机行事"原来就是打杂跑腿。一会儿张三说："紫烟，帮我打份资料。"一会儿电话铃响了，李四说："紫烟，快去接电话。"再过一会儿，办公室的纯净水喝光了，她又得联系送水公司。接线员、打字员、收发员、保洁员……紫烟样样都干，说得漂亮点是身兼数职，说得难听点就是勤杂工。时间不长，紫烟心里就凉了大半截，好歹自己也是大学本科毕业，竟然被他们当成丫环使唤，简直暗无天日！

紫烟万万没想到，更"黑暗"的日子还在后头。那天，经理交给她一份打印好的会议通知，让她马上传达下去。紫烟打电话通

知各部门经理,明天上午 11 点开会。次日上午 10 点,紫烟被叫到了会议室。偌大的会议室只坐着寥寥数人,老总也在场。当着众人的面,经理暴跳如雷:"10 点的会议,你怎么通知人家 11 点开会,连一句话都说不清楚,你还能做什么?"那种盛气凌人的架势,根本不容她分辩,紫烟哭着离开了会议室。其实,昨天的通知上写的确实是 11 点。很明显,那是打字员的失误,紫烟是代人受过,比窦娥还冤。

公司捐建的一所希望小学即将竣工。竣工典礼上,老总要做 10 分钟的发言。前几天,紫烟在晚报上发表了一个"豆腐块",凑巧被老总看见了。老总把撰写发言稿的任务交给了紫烟,并且特批她三天内不必来公司上班,只需集中精力写好稿子。看得出来,老总对此事很重视。紫烟深知,这是改变现状的绝好机会,于是竭尽平生所学,数易其稿,一份声情并茂的发言稿终于新鲜出炉,洋洋洒洒数千言。老总看了挺满意,一字未改。那天晚上,紫烟特意守在电视机前收看了竣工典礼。老总的发言非常成功,好几次都被热烈的掌声打断。从老总喜气洋洋的脸上,紫烟也看到了自己的希望。可是她太乐观了,从那以后,老总看见她仍像往常一样,只是礼节性地点点头,再没提起过发言稿的事。

转眼,三个月的试用期即将结束。紫烟依然是个"勤杂工",前景一片黯淡。先前的雄心壮志早被扔到下水道去了。有哪家公司愿意花钱请一个可有可无的人呢?很明显,自己在公司的生命只有 90 天。最后一天,紫烟心情郁闷,正在整理私人物品,准备打道回府,老总把她叫到了办公室,对她说:"我观察你很久了。我正缺个助手,而你是最合适的人选。小姑娘,有没有信心?"老总的话言简意赅,说完已经热情地向她伸出了手。紫烟毫无思想准备,突如其来的"变故"把她激动得手足无措,

慌乱中竟然向老总伸出了左手。

　　紫烟刚走出办公室门口,老总忽然又把她叫住,"知道蘑菇是怎么成长的吗?"此话似乎不着边际,紫烟疑惑地摇摇头。老总接着说:"首先要把它放在阴暗的角落,紧接着浇上一头大粪,然后置之不理,任其自生自灭,只有在这种环境下长出来的蘑菇才是最好的。"紫烟豁然开朗,心里囤积了许久的郁闷一扫而空,步履轻松地走出了老总办公室。

　　新人初入职场时,大多朝气蓬勃,干劲十足,但常常过于理想化,做几天"蘑菇"未尝不是好事,从最简单的事做起,能磨炼意志,从而脚踏实地,茁壮成长。

我要对你说

　　未经历风雨,怎能见彩虹;未经受磨砺,怎能获得成功。人生的路曲折蜿蜒,也许远远望去,前方已山穷水尽,但坚持向前,便会峰回路转,柳暗花明。磨难不是灾难,而是一种历练,是一笔宝贵的人生财富。

人生的秘诀

易水寒

听说过这样一个故事:

20岁的年轻人迈斯决定离开家乡,到外面的世界去开创自己的事业。

动身之前,迈斯先来拜访本族的族长,请求指点。

老族长听了迈斯的打算,想了想,拿出一张纸,在上面写了3个字:不要怕。然后抬起头来,望着迈斯说:"孩子,人生的秘诀只有6个字,今天先告诉你3个,供你半生受用。"

转眼30年过去了,当年20岁的小伙子迈斯已是50岁的中年人了。他有了一些成就,也平添了很多遗憾。

这一天,他回到了家乡,又特意来拜访族长。

到了族长家里,他才知道老人家几年前已经去世。

族长的儿子取出一个密封的信封对他说:"这是我父亲生前留给你的,他说万一有一天你回来时,可能想看它。"

迈斯这才想起，30年前他在这里只听到了人生秘诀的一半。

另一半是什么呢？

他急切地拆开信，打开信纸，上面赫然写着三个大字：不要悔。

人生在世，中年以前不要怕，中年以后不要悔，这是经验的提炼、智慧的浓缩，也是人人都想追求的人生境界。

我要对你说

"不要怕，不要悔"，这是经验的提炼，是人生的智慧。想走路就大胆向前，走过的路即使是错的也无须后悔。苦乐都是一种经历，细细体会这六字箴言，会让你拥有一个成功的人生。

学会在心底找路

马　德

一个小男孩跟着猎人到山中打猎。这里是动物经常出没的地方。猎人是个老猎手,很早的时候,他们就发现有熊、狍子、狐狸等动物在前面的空地上觅食,而且它们总是选择在中午觅食。

快晌午的时候,果然有几只白色的狐狸出现了。猎人没有急着去端枪,因为他知道,这时候并不是最佳的时机。后来,狐狸们开始放松警惕,沿着谷地的边缘,一路小跑着奔向山谷的另一头。猎人觉得是时候了,他端起枪,沉闷的两声枪响之后,狐狸们就蹿了出去。但跑着跑着,有两只狐狸的脚步慢了下来。猎人估计它们受伤了,就朝它们逃跑的方向追了过去。猎人知道,只要过一会儿,这两只受伤的狐狸就会因为快速奔跑而精疲力竭。猎人拼命地追着,然而意想不到的是,跑着跑着,其中的一只狐狸突然改变了方向,奔向了另一条路,另外一只顿了一下,便尾随着刚才的那一只跑了。

狐狸们拐上的是一条并不适宜奔跑的路,不但崎岖不平、布满荆棘,而且有很多陷阱。猎人一边追,一边纳闷。然而领头的那只狐狸依旧义无反顾，后面的那只也紧紧尾随其后跑个不停。猎人知道，前面不远处就有几处陷阱。就在这时候，前面的那只狐狸已经跑到了那个位置。它并没有远远地躲开，而是奔着陷阱的方向而去。后面的狐狸似乎没有想许多，只是跟着它。就在快接近那个陷阱的时候，前面的狐狸突然一闪身，躲开了陷阱。而后面那只狐狸，由于躲闪不及，掉进了铺设的陷阱中。

猎人和小男孩把在陷阱中因恐惧发抖的猎物带走了。前面的狐狸跑出去很远之后，又回过头看了一眼。见后面再没有人追上来，才突然显出受伤的情形来，一瘸一拐地仓皇逃窜。

之后，猎人语重心长地对孩子说："孩子，看到了吧，今天那只逃跑的狐狸为我们上了生动的一课。前面的狐狸知道我们这样追赶下去的结果，因此它必须想出一个逃生的方法来。或许它知道，我们只要能够得到它们中的一只，就会放弃继续追下去的念头。这时候，和它一块的狐狸就成了竞争对手。到最后它不是要跑过我们，而是要跑过与它一起逃生的另一只狐狸。"

我要对你说

在残酷的竞争中，想要生存下去，你不一定要做最好的，只要你永远比对手做得好，你就是胜利者。文中落下陷阱的狐狸只知道盲从，心中只有别人的路，没有自己的路，下场可悲。我们应该引以为戒。

重要的是自己强大起来

蒋光宇

　　一位搏击高手参加锦标赛，自以为稳操胜券，一定可以夺得冠军，出乎意料的是，在最后决赛中，他遇到了一个实力相当的对手，双方竭尽全力出招攻击。当对抗到了中途，搏击高手意识到，自己竟然找不到对方招式中的破绽，而对方的攻击却往往能够突破自己防守中的漏洞。

　　比赛的结果可想而知，搏击高手惨败在对方手下，也失去了冠军的奖杯。

　　他愤愤不平地找到自己的师傅，一招一式地将对方和他搏击的过程，再次演练给师傅看，并请求师傅帮他找出对方招式中的破绽。他决心根据这些破绽，苦练出足以攻克对方的新招，决心在下次比赛时，打倒对方，夺回冠军的奖杯。

　　师傅笑而不语，在地上画了一条线，要他在不能擦掉这条线的情况下，设法让这条线变短。搏击高手百思不得其解。怎么会有像师傅所说的办法，能使地上的线变短呢？最后，他无可奈何地放弃了思考，转而向师傅请教。

　　师傅在原先那道线的旁边，又画了一道更长的线，两者相比较，原先的那道线，看来变得短了许多。师傅开口道："夺得冠军的关键，不仅仅在于如何攻击对方的弱点，正如地上的长短线一样。只有你自己变得更强，对方就如原先的那条线一样，也就在相比之下变得较短了。如何使自己更强，才是你需要苦练的根本。"

在夺取胜利的道路上，有无数的坎坷与障碍需要我们去跨越、去征服。人们通常走的有两条路：一条路是侧重攻击对手的薄弱环节，正如故事中的那位搏击高手，欲找出对方破绽，给予致命的一击，用最直接、最锐利的技术或技巧，快速解决问题。另一条路是全面增强自身实力，就是故事中那位师傅所提供的方法，更注重在人格上、在知识上、在智慧上、在实力上使自己加倍地成长，变得更加成熟，变得更加强大，使许多问题不攻自破，迎刃而解。

我要对你说

对付敌人，我们常用"知己知彼，百战不殆"这八字箴言克敌制胜，其实这八个字，对我们本身更为至关重要。只有真正了解自己的人，才会竭力地充实自己，聪明地趋利避害，进而在人生的一次次角逐中绽放光彩。

坚定的信念

谢冕

剑桥世界第一名女性打击乐独奏家伊芙琳·格兰妮说:"从一开始我就决定:一定不要让其他人的观点阻挡我成为一名音乐家的热情。"

她成长在苏格兰东北部的一个农场,8岁时她就开始学习钢琴。随着年龄的增长,她对音乐的热情与日俱增。但不幸的是,她的听力却在渐渐地下降,医生们断定这是由于难以康复的神经损伤造成的,而且断定她到12岁将彻底耳聋。可是,她对音乐的热爱却从未停止过。

她的目标是成为打击乐独奏家,虽然当时并没有这么一类音乐家。为了演奏,她学会了用不同的方法"聆听"其他人演奏的音乐。她只穿着长袜演奏,这样她就能通过她的身体和想象感觉到每个音符的震动,她几乎用她所有的感官来感受着她的整个声音世界。

她决心成为一名音乐家,而不是一名聋的音乐家,于是她向伦敦著名的皇家音乐学院提出了申请。

因为以前从来没有一

聋学生提出过申请，所以一些老师反对接收她入学。但是她的演奏征服了所有的老师，她顺利地入了学，并在毕业时荣获了学院的最高荣誉奖。

从那以后，她的目标就致力于成为第一位专职的打击乐独奏家，并且为打击乐独奏谱写和改编了很多乐章，因为那时几乎没有专为打击乐而谱写的乐谱。

至今，她作为独奏家已经有十几年的时间了，因为她很早就下了决心，不会仅仅由于医生诊断她完全变聋而放弃追求，因为医生的诊断并不意味着她的热情和信心不会有结果。

罗斯福总统的夫人曾向她的姨妈请教对待别人不公正的批评有什么秘诀。她姨妈说："不要管别人怎么说，只要你自己心里知道你是对的就行了。"避免所有批评的唯一方法就是只管做你心里认为对的事——因为你反正是会受到批评的。

"不要被他人的论断束缚自己前进的步伐。追随你的热情，追随你的心灵，它们将带你到你想要去的地方。"

我要对你说

走自己的路，让别人说去吧！无论他们的观点如何，都要坚持自己的想法。哪怕上天对你再不公平，只要自己永不停止追逐梦想的脚步，即使是在无声的世界里，也能快乐地唱歌，尽情地跳舞。

被"逼"出来的智慧

栀 子

上中学时,老师讲过一则故事。沙俄时代,一个不会游泳的人失足落水了。他疾呼救命,可岸上值勤的警察却无动于衷。落水者奄奄一息,就在他近乎绝望时,他突然大喊:"打倒沙皇!"警察一听有人辱骂沙皇,简直不敢相信自己的耳朵,要知道在当时的俄国,这足以让人锒铛入狱。警察立即跳入河中,将落水者抓上岸来,送进了警察局,落水者因此得救。

如果我们是落水者,面对置人安危于不顾的沙皇警察,我们充其量只会继续高喊"求求你,救救我吧,我不想死啊",或者是疾呼"救救我吧。我会给你很多钱"。而故事中那位落水者,却敢冒天下之大不韪,喊出一句"打倒沙皇",这是绝处求生的智慧。

"碧绿液"是法国著名的矿泉水,不仅畅销法国,而且还出口到国外。1989年2月,美国食品卫生部门在抽样检查中,发现有十几瓶"碧绿液"矿泉水含有超过规定2—3倍的苯,长期饮用会有致癌危险。消息一经披露,"碧绿液"公司的矿泉水销量直线下降。公司马上组织智囊团商量对策,是回收不合格产品并赔偿损失,还是登报向广大消费者致歉,并换用新品牌,可这些都只是权宜之计,并不能从根本上挽回公司声誉。

在进退两难的关键时刻,"碧绿液"公司做出了令人大跌眼镜的举措:公司高层举行了一次记者招待会,宣布将同一批销往世界各地的1.6亿瓶价值两亿法郎的矿泉水全部销毁,公司另外用新产品补偿。决定一宣布，记者们全场哗然。

为了十几瓶不合格的矿泉水而将1.6亿瓶矿泉水全部销毁，这不意味着将两亿法郎打了"水漂"吗？"碧绿液"公司的奇招吸引了广大新闻机构的好奇心和注意力，记者们纷纷报道。一时间，"碧绿液"公司"销毁不合格产品，确保消费者利益"的美名被炒得沸沸扬扬，矿泉水销售量直线上升，甚至超过上年度销售量几十个百分点。

"把坏东西消灭，再推出好东西。""碧绿液"公司这一冒险思维虽使得价值两亿法郎的1.6亿瓶矿泉水"毁于一旦"，却为公司赢来了即使花费两亿法郎去做广告也换不来的口碑和形象。如果公司痛惜那两亿法郎，不敢冒险将坏事变成好事，恐怕公司信誉再难恢复，这是以退为进的智慧。

1988年4月27日，美国阿波罗航空公司一架波音737客机从檀香山起飞后，突然发生爆炸。当时，驾驶员不得不把飞机降落在附近机场上。在这次事故中，只有一名空姐不幸身亡，几十名乘客都平安生还。

事故发生后，飞机制造业界的竞争对手们大肆宣扬，波音公司面临严重的声誉危机。就在竞争对手幸灾乐祸地隔岸观火时，该公司经过调查，发现事故是因为制造飞机的金属"疲劳"所致。这架飞机已飞了20年，起落9万次，大大超过了保险系数，但还能使乘客平安生还，这不正好从反面证明了波音飞机的质量之高吗？该公司抓住这一点，展开强大的宣传攻势。结果，该公司的飞机销售量猛增，仅5月份一个月就收到订货

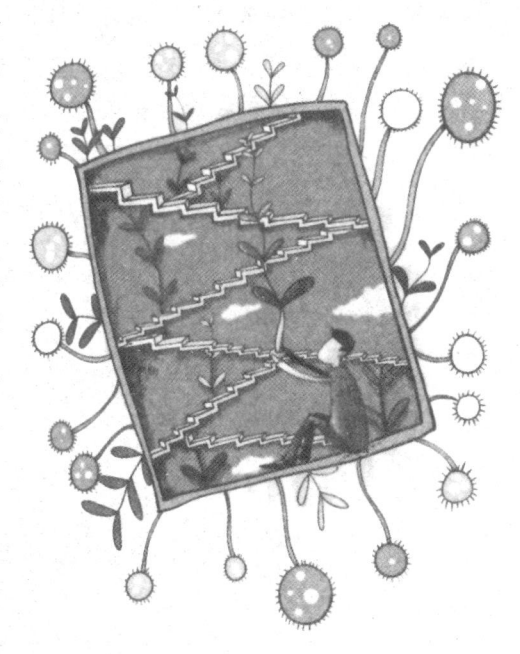

款 70 亿美元，比第一季度的 47 亿美元还多。在厄运到来时，波音公司就这样将不利变为有利，从而使公司巧过难关，并因此名声大振。这是化险为夷的智慧。

人在濒临绝境时，往往会有一些出奇制胜的冒险高招，因为在这个时候，人的思维是没有上"保险栓"的，有专家称这是"悬崖边上的智慧"。在商业竞争日益激烈的现代社会，有的人只能于慌乱中一败涂地，有的人却能处变不惊，大胆地打破思维的"保险栓"，逆流而上，最终力挽狂澜。

这些，都是被"逼"出来的智慧。

我要对你说

是的，我们因为生活安逸，而常常闲置我们的智慧，而结果是我们的创造力一落千丈。这种现象一再放大，整个社会的发展便会停滞不前。我们需要"悬崖边上的智慧"，我们需要危机感，只有这样个人的生命才会闪光，社会的发展才会进步。

莫让你的孩子成为"寄居蟹"

一 哲

布鲁克林是爱尔兰一位著名的商人,他有个儿子叫坎贝尔。坎贝尔大学毕业后,布鲁克林给了他一些资金,让坎贝尔自己去创业。他一直都认为儿子是优秀的,相信儿子能做出些成绩。然而半年后,坎贝尔却带着一屁股债向他求救。爱子心切的布鲁克林并没有责怪儿子,他对坎贝尔说:"没关系的,孩子,要做点儿事,都不容易,你要振作起来。"布鲁克林帮坎贝尔还清了债务后,又给了他一笔钱。鼓励他重新开始。

然而,这一次,坎贝尔带给父亲的依然是失望,一年后,坎贝尔再次带着失败回来。布鲁克林再一次以父亲的慈爱,安慰儿子那颗受伤的心灵,并帮助儿子分析了失败的原因。最后,布鲁克林又给了儿子一笔钱,让他再一次去开创自己的事业。

布鲁克林相信儿子经过两次失败的磨炼,会汲取教训,取得些成绩。可是。儿子再一次令他失望,带给他的依然是

公司亏损、濒临破产的消息。接到这个不好的消息的时候，布鲁克林正在地中海的金兰湾散心，他走在海滩上，心里想着儿子的事。他怎么也不明白，当初自己白手起家，两年时间就取得了不小的成就，现在，儿子拥有自己的大力支持，为什么会一直失败呢？边走边想，一不留神，布鲁克林的一只脚踩进了一个水洼里。伴随着溅起的浪花，一群小海蟹纷纷蹿起来。布鲁克林随手抓了一只小海蟹。问身边的一个陪他散步的当地人："这是哪种蟹？怎么这么小？"当地人告诉他："这小海蟹我们叫它'寄居蟹'，大多生活在岸边的浅水里，如果它们能爬回大海里，就能长得如盘子般大。"布鲁克林问："为什么它们不爬进大海里呢？"当地人说："这就是我们叫它'寄居蟹'的原因。它们寄居在岸边的浅水里，大海每次涨潮都会带给它们一些少得可怜的食物，只要有定期的潮水，它们就会赖着不回大海。由于浅水里的食物时断时续，它们的生活总是处于饥一顿饱一顿的状态，因此这种蟹很难长大。但是，到枯水期或者一连几周大海都不涨潮，它们得不到食物，就会拼命地爬回大海，最终也能长成一只盘子大小的海蟹。"

听完当地人的解释，布鲁克林陷入沉思，他想起了儿子坎贝尔。如果没有自己的支持，儿子会怎么样呢？自己的支持是不是让孩子产生了依赖感，害了孩子呢？

第二天，布鲁克林决定飞回爱尔兰，他找到儿子坎贝尔，很干脆地告诉坎贝尔："孩子，你必须要想办法走出目前的困境。如果失败，你就要承担责任，我不会再给你资金上的支持。"

坎贝尔不明白父亲为什么会变得如此绝情，但父亲的决绝给了他很大的震动。父亲一向是说话算话的人，父亲不再是自己失败后的依靠，没了父亲的支持，该怎么办呢？

五年后，坎贝尔成为爱尔兰著名的企业家，他的公司所生产的"雅典娜"系列香水不仅畅销爱尔兰，还打入了国际市场。这五年里，坎贝尔依然有身陷困境的时候，但是，父亲在这期间没有给过他一分钱，给他的只是精神上的鼓励和支持。

现在，布鲁克林已经将自己的生意全部交给了儿子坎贝尔，在都柏林的乡村安享晚年。在谈到他的成功时，他说了这样一句话："我一生最大的成功不在别处。而在于我没有让我亲爱的儿子成为一只'寄居蟹'。"

天下的父母们，无论你是贫穷的还是富有的，都不要让你的儿子变成一只"寄居蟹"。

我要对你说

有一种名叫菟丝花的草，它总是紧紧地缠绕在身边的植物上，一旦风雨摧毁它的依靠，它便随之消亡。人也一样。所以让自己独立起来吧，孩子，勇敢地接受暴风雨的洗礼吧，你会是风雨后最绚烂的那朵玫瑰。

别让新奇的念头溜走

逸 凡

生活中，我们每天都在感受，新奇的想法和念头常常闪现，但绝大多数人只是把它当成一个念头而已，想想就过去了，却不知这些念头中潜藏着巨大的商机。所以获得财富的人和穷困一生的人之间，就差那么一点点——前者把新奇的念头紧紧抓住了，而后者却把它轻易放过了。

商业奇才、身家达数亿英镑的超级女富豪安妮塔·罗蒂克在做化妆品生意之前，是个喜欢冒险的嬉皮士，她尝试过多种职业，做过不少生意，但都失败了。一天，她在与男友聊天时，突然产生了一个神奇的念头。她马上按照那个念头去做了。于是，她成功了。

这个念头是：为什么我不能像卖杂货和蔬菜那样，用重量或容量的计算方式来卖化妆品？为什么我不能卖一小瓶的面霜或乳液，而不是把大部分成本花在精美的包装上，并以此来吸引消费者？

她开始按照这个想法去运作。然而，就在安妮塔费尽心机，把一切准备就绪时，一位律师受两家殡仪馆的委托控告安妮塔，让她要么不开业，要么改掉店名。原因是，她的"美容小店"这种花哨的店名，势必会影响旁边的殡仪馆庄严的气氛,破坏他们的生意。

百般无奈之中,安妮塔又有了新的念头。她打了个匿名电话给《观察晚报》,声称她知道一个吸引读者的新闻:黑手党经营的殡仪馆正在恐吓一个手无缚鸡之力的可怜女人——安妮塔·罗蒂克,这个女人只不过想开一家美容小店维持生计而已。

《观察晚报》在显著位置报道了这个新闻,人们纷纷来美容小店安慰安妮塔,这使她的小店尚未开张就已经名声大振。安妮塔尝到了不花钱做广告的绝妙滋味。在她日后的经营中,直到她的美容小店成为大型跨国企业,她都没有在广告宣传上花一分钱。

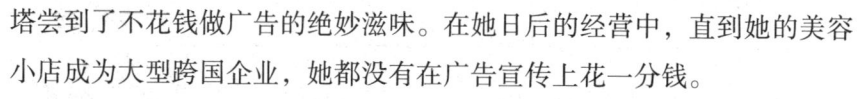

开业之初的热闹过去后,有一段时间安妮塔的生意很冷清。她冥思苦想,又有了一个出人意料的好念头。

在凉风习习的早晨,当市民们去肯辛顿公园的时候,总会发现一个奇怪的现象:一个披着长发的古怪女人沿着街道或草坪喷洒草莓香水,清新的香气随着晨雾四处飘散。人们驻足观看,忍不住发问:这个古怪的女人是谁?她当然就是安妮塔。于是,安妮塔带着她的草莓香水瓶,又一次登上了《观察晚报》。她说,她要营造一条通往美容小店的馨香之路,让人们闻香而来。很快,她的生意又逐渐兴旺起来。

美容小店的一切都给人一种与众不同的感觉:简易的包装,用装药水的瓶子装化妆品,标签是手写的——最开始是因为负担不起印刷费用,但这个独特风格却保留下来。安妮塔的产品没有说明书,只是以海报的形式贴在店里,成为了美容小店经营的显著风格。店里甚至有一段时间还摆上了艺术品、书籍之类的东西出售。这一切使她的小店生意红火，不到半年时间，她在别人的投资下，又开了第二家美容小店。很快，她开了第三家、第四家同样风格的小店……1978年，安妮塔的第一家境外连锁店在比利时的布鲁塞尔开张营业。

我要对你说

　　一个新奇的念头，一次成功的机会。生活中灵感的闪现转瞬即逝，这就在于你能否把握，需要你在把握的同时将它付诸实践。然后你会发现，成功原来并没有那么难。

一生的计划

[美] 威廉·H. 麦加菲

奥马尔是一个有作为的皇帝。他的头脑里充满了智慧,而且稳健、博学,被人们所敬仰。

有一次,一个年轻人问他:"您是如何做到这一切的,刚一开始您是否就已经制订了一生的计划了呢?"奥马尔微笑着说:"到了现在这个年纪,我才知道制订计划是没有用的。"

当我20岁的时候,我对自己说:"我要用20岁以后的第一个10年学习知识;第二个10年去国外旅行;第三个10年,我要和一个美丽的姑娘结婚并且生几个孩子。在最后的十年里,我将隐居在乡村地区,过着我的隐居生活,思考人生。"

终于有一天,在前10年的第七个年头,我发现自己什么也没有学到,于是我推迟了旅行的安排。在以后的四年时间里,我学习了法律,并且成为了这一领域举足轻重的人物,人们把我当作楷模。

这个时候我想要出去旅行了,这是我心仪已久的愿望。但是各种各样的事情让我无法抽身离开。我害怕人们在背后斥责我不负责任,后来我只好放弃旅行这个想法。

等到我 40 岁的时候，我开始考虑自己的婚姻了。但总是找不到自己以前想象中美丽、漂亮的姑娘。直到 62 岁的时候，我还是单身一个人，那时候我为自己这么大一把年纪还想结婚而感到羞愧。于是我又放弃了找到这样一个姑娘并且和她结婚的想法。

后来我想到了最后一个愿望，那就是找一个僻静的地方隐居下来。但是我一直没有找到这样一个地方，因为疾病，我连这个愿望都完成不了。

这就是我一生的计划，但是一个也没有实现。

"孩子，你现在还年轻，不要把时间放在制订漫长的计划上，只要你想到要做一件事就马上去做。世界上没有固定的事物，计划赶不上变化。放弃计划，立刻行动吧！"奥马尔最后说。

我要对你说

在很多时候，制订一个科学的计划会产生事半功倍的效果。但如果只把精力放在做计划上，而不付诸行动，那么，再好的计划也只是空谈。记住，计划只是我们成功的辅助条件，脚踏实地地行动才是成功的必要条件。

不冒险怎能成功

李群 译

在非洲的塞伦盖蒂大草原度假时，我曾一连三个小时坐在河边，看一小群角马如何鼓起勇气下河饮水。每年夏天，上百万只角马从干旱的塞伦盖蒂北上迁徙到马赛马拉的湿地，这群角马正是大迁徙的一部分成员。

在这艰辛的长途跋涉中，格鲁美地河是唯一的水源。这条河与迁徙路线相交，对角马群来说既是生命的希望，又是死亡的象征。因为角马必须靠喝河水维持生命，但是河水还滋养着其他生命，例如灌木、大树和两岸的青草，而灌木丛还是猛兽藏身的理想场所。顶着炎炎烈日，焦渴的角马群终于来到了河边，狮子突然从河边冲出，将角马扑倒在地。涌动的角马群扬起遮天的尘土，挡住了离狮子最近的那些角马的视线，一场杀戮在所难免。

在水流缓慢的地方，又有许多鳄鱼藏在水下，静等角马到来。一天

我看到 28 条鳄鱼一同享用一头不幸的角马。另一天，一头角马跛着一条腿，遍体鳞伤地从鳄鱼口中逃生。有时湍急的河水本身就是一种危险。角马群巨大的冲击力将领头的角马挤入激流，它们若不被淹死，也会丧命于鳄鱼之口。

这天，角马们来到一处适于饮水的河边，它们似乎对这些可怕的危险了如指掌。领头的角马磨磨蹭蹭地走向河岸，每头角马都犹犹豫豫地走几步，嗅一嗅，嘶叫一声，不约而同地又退回来，进进退退像跳舞一般。它们身后的角马群闻到了水的气息，一齐向前挤来，慢慢将"头马"们向水中挤去，不管它们是否情愿。如果角马群已经有很长时间没饮过水，你甚至能感觉到它们的绝望，然而舞蹈仍然继续着。

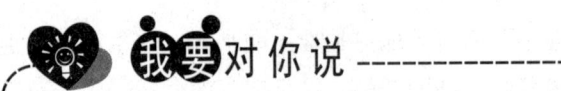

我要对你说

畏首畏尾只会停滞不前，在前进的道路上必须富有冒险精神，在前赴后继的不懈努力中，才能尝到胜利的果实。在无尽的岁月长河中，生命将随着铿锵的节奏舞动，欢快飞扬，生生不息……

决定胜败的胆量

淞曼铃

在森林里,狮子和老虎相互闻名久矣,只是从未谋面。关于它俩谁是兽中之王,动物们看法不一。有的推崇狮子,有的推崇老虎。狮子和老虎私下里都憋足了一股劲儿,准备有朝一日决上下、论高低。

这一天,狮子溜达时,闻到了一股肉香,寻香而去,果然看见前方地上有一块肉。狮子正想去吃,却又停住了脚步,因为在那块肉的另一个方向,一个庞然大物也正在靠近。狮子立即意识到,是老虎!老虎似乎也看见了狮子,不往前走了。

狮子想了想,最终转身离开了,因为它没有把握能战胜老虎,只好把那块肉留给对手了。

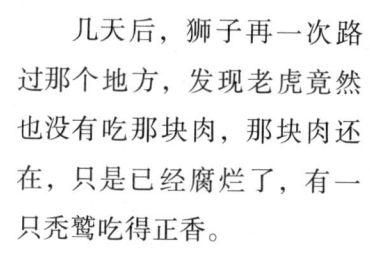

几天后,狮子再一次路过那个地方,发现老虎竟然也没有吃那块肉,那块肉还在,只是已经腐烂了,有一只秃鹫吃得正香。

原来,就在狮子转身离开的瞬间,老虎也转身离开了,因为老虎也没有把握战胜狮子,只好把那块肉留给狮子。

新概念阅读书坊

不要以为只有你害怕,你的对手同样害怕,当你想着退缩的时候,你的对手可能也正想着退缩。在势均力敌的情况下,决定胜败的不是实力,而是胆量。

我要对你说

勇气与胆量是获得成功的必要条件,有敢于摘取成功桂冠的勇气,才有可能靠近成功。而在成功的最后一刻怯懦后退,只会留下遗憾。

走在薄冰上

七星阵

在1981年,摇滚明星约翰·列侬遇刺身亡,结束了一个由"披头士"乐队开创的音乐时代,差不多也结束了从20世纪60年代延续下来的青年反文化潮流。

列侬遇刺那晚,他的爱人大野洋子没陪在他身边,大野洋子忙着在录音室里录制她自己的新唱片。列侬断气的时刻,大野洋子正在录一首叫作《走在薄冰上》的歌。这首歌,后来就成为大野洋子专辑唱片的主题,而这张唱片,也因为这样的历史渊源,成为摇滚乐迷的梦幻必藏品。

《走在薄冰上》有一段自白,大野洋子用她独特的声音讲着:"我认识一个女孩,她试图走路跨过那湖,在冬天,湖上都是冰。那是件恐怖的事,你知道。他们说那湖简直跟海一样大。我怀疑她到底知不知道。"

啊,这段经典自白,当年迷倒了多少人。

这段经典自白,配上列侬遇刺身亡的时间巧合,似乎诉说了时代变化的奥秘。60年代的骚动,以及延续至70年代的嬉皮运动,其核心概念正是勇敢地挑战、摒弃成人世界的既有体制,去做成人们不同意、不允许的事,就像是随时走在薄冰上一样。

大野洋子自己曾经是别人眼中那种不明了湖有多大,就任性地走在薄冰上的女孩。而在这段经典自白中,出现了一个新的大野洋子,她变成了在湖边猜想着、惊异着甚至担心着的人。天真的冒险带来的,不再是快乐与刺激,而是不得不有的恐惧谨慎。

让人想起《诗经》里"如临深渊，如履薄冰"的说法。那里面没有冒险的快乐，只有要求战战兢兢小心翼翼的态度。

天真的失落，责任的开始。大野洋子变了、长大了，事实上，是那个时代变了、长大了，不能再用自己的无知来追求快乐，完全不去考虑走在薄冰上可能带来的后果。

"那是件恐怖的事，你知道。他们说那湖简直跟海一样大。我怀疑她到底知不知道。"年岁渐大，我常常在耳中听见大野洋子说话的声音。少年时，带着勇猛的冒险精神，管他什么，想冲就冲，要撞就撞，可以摆出一副"没有明天"的姿态，不知道也不在乎，自己到底面对怎样的情况，自己的做法会带来怎样的后果。

这样的天真，而且坚持这样的天真，维持下去，不愿也不能阻止新一代年轻人去闯去冒险，可是自己却总是在抬起头来看看，四下问问听听，他们在走的这片湖，有多大，那冰，有多薄，然后想想算算，还能、还该、再这样走多久？要呼唤他们回头吗？他们不听怎么办？啊，他们多半是不听的，不然怎么叫年轻人呢？

发现"如临深渊，如履薄冰"，原来是一种年长者的精神境界。

我要对你说

青春充满了挑战与冲动，是人一生积累经验的黄金期。正因为年轻气盛，才任性妄为；正因为青春狂傲，才放浪形骸。等到长大了，成熟了，回首昔日，方知收敛思想、谨言慎行。

负重前行

琉 莎

有这样一个故事：

一艘货轮卸货后在返航的时候，突然遭遇巨大风暴，大家都不知道应该怎么办。就在这个危急时刻，老船长果断下令："打开所有货舱，立刻往里面灌水。"

往货舱里灌水？水手们惊呆了，这个时候本来就危险，怎么还能往里面灌水呢？这不是自己给自己找麻烦吗？水手们担忧地问："往船里灌水是险上加险，这不是自找死路吗？"

这时，老船长镇定地说："大家见过根深干粗的树被暴风刮倒过吗？被刮倒的是没有根基的小树。"

水手们半信半疑地照着做了。虽然暴风巨浪依旧那么猛烈，但随着货舱里的水越来越高，货轮渐渐地平稳了。在那个波涛滚滚的海面上，货轮一直都很平稳，不再害怕风暴的袭击了。

船长告诉水手："一只空木桶很容易被风打翻，如果装满了水，风是吹不倒的。船在负重的时候是最安全的，空船其实最危险。"

其实，人何尝不是如此？那些胸怀大志的人，沉重的责任感时常压

在心头，砥砺着人生坚稳的脚步，从岁月和历史的风雨中坚定地走出来。而那些得过且过空耗时光的人，像一个没有盛水的空水桶，往往一场人生的风雨就把他们彻底地打翻了。

给我们自己加满"水"，使我们负重，只有负重前行才不会被风暴打翻。

我要对你说

货舱装水的船行驶得平稳，有责任感的人的脚步格外踏实。记住，有压力才有动力，肩负着责任前行，才能走得更稳健、更踏实，那些只想轻松地活着的人是不可能战胜人生的风雨的

走出枯井

王传江

一头驴子不小心掉进一口枯井。它哀哀地叫着，希望主人把它救出去。驴子的主人召集了数位亲邻出谋划策，大家确实想不出好的办法搭救驴子，倒是认定，反正驴子已经老了，不如就让它死在井里，况且这口枯井迟早也是要填上的。

于是，人们拿起铲子，开始填井。当第一铲泥土落到枯井里时，驴子叫得更加恐怖了——它显然明白了主人的意图。

又一铲泥土落到枯井中，驴子出乎意料地安静了。人们发现，此后每一铲泥土落到它背上的时候，驴子都在做一件令人惊奇的事情：它努力抖落背上的泥土，踩在脚下，把自己垫高一点。

人们不断地把泥土往枯井里铲，驴子也就不停地抖落那些打在背上的泥土，使自己再升高一点。就这样，驴子慢慢地升到枯井上，在人们惊奇的目光中，潇潇洒洒、溜溜达达地走出枯井。

假如你现在就身处枯井中，求救的哀鸣也许换来的只是埋葬你的泥土。可驴子教会了我们，走出绝境的秘诀便是

拼命抖落打在背上的泥土，那么本来埋葬你的泥土便可成为自救的台阶。

如果抖落泥土、走出枯井是一种求生的本能的话，那么，潇潇洒洒、溜溜达达便是走出"枯井"的境界，是一种现代人值得探讨和推崇的理念。

我要对你说

绝处逢生需要智慧、需要勇气、需要境界。这境界，看似洒脱自如，实则有一种大无畏和自信的精神蕴含其中。试想，走出枯井，走出人生的低谷，你做得到吗？

一个欧洲打工仔的王朝

余泽民

在出国淘金的中国人里，不少人都有过到餐馆打工的经历。当然，从厨房打杂开始的人生不仅中国人才有，在布达佩斯英雄广场街边一幢宫廷式的饭庄门楣上，就刻着一个餐馆打工仔的家姓——贡德勒。贡德勒饭庄是匈牙利最华贵的餐饮王朝，就连罗马教皇保罗二世、英国女王伊丽莎白等欧洲显贵也都曾慕名造访。而这个王朝的神话，是从一个流浪儿开始的。

约翰·贡德勒出生在德国的一个小城。10岁时，父亲病故，母亲改嫁。男孩不喜欢自己的继父，13岁时出走，一路打工到了布达佩斯。约翰在餐馆干了12年，吃了许多苦，也偷学了一身好厨艺，25岁时在布达佩斯开了第一家店——"维也纳啤酒屋"，两年后他又买下"花丛饭馆"。由于约翰的手艺精湛，饭馆成了议员、银行家、艺术家的据点，音乐家李斯特也是饭馆的常客。31岁那年，约翰又成了伊丽莎白王后宾馆的主人，并将自己的德国名字匈牙利化，改为"贡德勒·亚诺士"。

昔日的打工仔凭着自己的勤奋和技艺，逐渐跻身于社会上层。41岁时，由于他对布达佩斯旅游业发展的贡献，又从奥匈帝国皇帝手中获得了"骑士勋章"。

约翰·贡德勒共有5个儿子，孩子们为父亲打工，但是究竟哪个能接自己的班，他费的心思不比一个老国王少。有一天，正在举行宴会的大堂突然停电，趁客人还未醒过神儿来，大儿子卡洛伊已不动声色、风度翩翩地领着侍者端上了蜡烛，数百人的大厅变成了童话城堡……后来水晶灯又亮了，谁都没有意识到这原是一次技术故障。大儿子的沉着机智被父亲看在眼里，约翰为了重点培养他，将卡洛伊先后送到德国、瑞士和法国学习。

1910年，已经接管了家族产业的卡洛伊，决定接手城中规模最大、位置最好的"动物园餐厅"。几乎一夜之间，他就将这座面向游客的普通餐厅，改造为全国最好的贵族饭庄，并以贡德勒家族的姓氏命名。近百年来，但凡到过布达佩斯的达官显贵、社会名流全都尝过"贡德勒饭庄"的美味。

卡洛伊的细心很像他父亲，他提议做了两件小事：饭庄里灯虽很多，但光线柔和，这是为了照顾那些皮肤不佳的女士；饭庄还准备了许多套各种尺码的高档西装，这是为了帮助那些偶然登门、衣冠不整的客人。

当然，在中国人里也肯定不乏类似的故事。我举这个欧洲人的例子，不过是想添一个佐证：无论一个人现在做什么，只要将今天视为通往明天的台阶，就能使一时的委屈变成长久的享受。

我要对你说

现在遭遇的困难正是将来成功的铺垫。不管遇到怎样的困难，我们都要坚定信念，勇敢前行。生命时刻在阳光下，不要因一片乌云的遮蔽而放弃寻求光明的希望。

Chapter 3 第三章

带着微笑上路

自卑并不可怕，自卑是一种"自耻"，知耻而后勇，在自卑中爆发，就一定能挥别痛苦与屈辱，铸就成功与辉煌。

迈出一步并不需要很大的勇气

阿 健

海曼斯49岁那年,在一次交通事故中失去了左腿,一只眼睛也几乎丧失了视力,并因此失去了一份不错的工作。

经历了短暂的伤感后,海曼斯决定重新设计一下自己未来的生活。他首先想到了写作,尽管他谈不上有任何的文学天赋和基本功底。

最初的两年间,海曼斯收了超过700封的退稿信后,才在一家发行量非常小的刊物上发表了一篇不足千字的小小说。这小小的成功,却给了他极大的鼓舞,他笔耕不辍,终于在文学上取得了瞩目的成就——在二十多年的文学创作中,出版了28部作品,并数十次获得各类文学大奖。

在海曼斯60岁生日那天,他迈动重新安装的假肢,站到墙上的一幅世界地图前面,突然,一个强烈的愿望在他心头坚定起来——他要从60岁这一年开始,以伤残之躯,徒步周游世界。

毫无疑问,他的这一极具冒险性的想法,遭到了来

自亲人和朋友们的一致反对，但决心已下的海曼斯还是做了简单的准备后便毅然地踏上了艰难与危险相伴的漫漫征途。

在一路风霜雪雨的艰苦跋涉后，他的足迹遍及了整个美洲大陆，并在1952年踏上了欧洲的土地。在瑞士，他结识了一位著名的登山家，向其虚心地求教了许多有关登山的知识。然后，他兴致勃勃地开始了又一个人生挑战——攀登几座世界著名的山峰。

1956年，在69岁那年他竟然拖着一条假腿，令人不可思议地独自登上了非洲最高峰——乞力马扎罗山的顶峰。当时欧美的许多报刊在报道他的这一壮举时，都不约而同地称他是"又一个海明威式的美国英雄"。

环球跋涉归来，《纽约时报》的一位著名记者追问年近八旬的海曼斯如何创造了一连串的成功，老人满面微笑，平静地说出一句耐人寻味的至理名言："其实，就像平常走路一样，迈出一步并不需要多大的勇气，只要懂得一步接一步地往前迈，谁都会遇到成功的。"

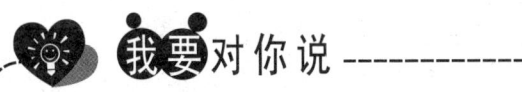

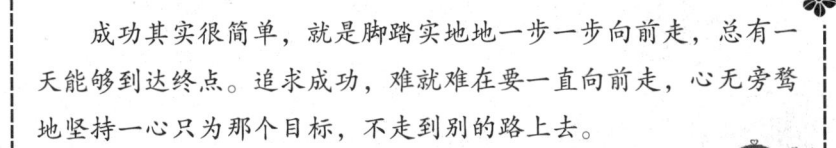

我要对你说

成功其实很简单，就是脚踏实地地一步一步向前走，总有一天能够到达终点。追求成功，难就难在要一直向前走，心无旁骛地坚持一心只为那个目标，不走到别的路上去。

成功的路径不止一条

戴 凡

有一个在金融界工作的朋友，立志要读中国人民银行总行的研究生。三大部《中国金融史》几乎被他翻烂了，可是连考数年都未考中。然而，在这期间，不断有朋友拿一些古钱向他请教。起初，他还能细心解释，不厌其烦，后来，问他的人实在太多了，他索性编了一册《中国历代钱币说明》，却被一位书商看中，第一次就印了1万册，当年销售一空。现在这位朋友已经是中产阶级了。

李宇明是华中师大的年轻教授，刚结婚不久，妻子就因为患类风湿性关节炎成了卧床不起的病人。生下女儿后，妻子的病情又加重了。面对长年卧床的妻子、刚刚降生的女儿、还没开头的事业，李宇明矛盾重重。一天，他突然想到，能不能把自己的研究方向定在儿童语言的研究

上呢？从此，妻子成了最佳合作伙伴，刚出生的女儿则成了最好的研究对象。家里处处都是小纸片和铅笔头，女儿一发音，他们立刻作最原始的记载，同时用录音带录下文字难以描摹的声音，每周一次，就这样坚持了6年。到女儿上学时，他和妻子创下了一项世界纪录：掌握了从出生到6岁半之间儿童语言发展的原始资料，而国外此项纪录最长的只到3岁。1991年，李宇明的《汉族儿童问句系统控微》的出版，在国内外语言界引起了震动。

我要对你说

西方谚语有云："条条大路通罗马"。同理，通往成功的路径也不止一条。也许在人生路上有许多山穷水尽的时候，但是不要放弃，不要灰心，换个角度思考，也许成功就在触手可及处。

今天就出发

荭草

安东尼·吉娜是目前纽约百老汇中最年轻、最负盛名的演员之一，她曾在美国著名的脱口秀节目《快乐说》中讲述了她的成功之路。

几年前，吉娜是大学艺术团里的歌剧演员。那时她就向人们展示了一个璀璨的梦想：大学毕业后先去欧洲旅游一年，然后要在百老汇成为一位优秀的主角。

第二天，吉娜的心理学老师找到她，尖锐地问了一句："你旅欧之后去百老汇跟毕业后就去有什么差别？"吉娜仔细一想："是呀，赴欧旅游并不能帮我争取到百老汇的工作机会。"于是，吉娜决定一年以后就去百老汇闯荡。

这时，老师又冷不丁儿地问她："你现在去跟一年以后去有什么不同？"吉娜有些晕眩了，想想那个金碧辉煌的舞台和那只在睡梦中萦绕不绝的红舞鞋，她情不自禁地说："好，给我一个星期的时间准备一下，我就出发。"老师却步步紧逼："所有的生活用品在百老汇都能买到，为什么非要等到下星期动身呢？"

吉娜终于双眼盈泪地说："好，我明天就去。"老师赞许地点点头，说："我马上帮你订好明天的机票。"

第二天,吉娜就飞赴全世界最巅峰的艺术殿堂——纽约百老汇。当时,百老汇的制片人正在酝酿一部经典剧目,几百名各国演员前去应征主角。按当时的应征步骤,是先挑选出十来个候选人,然后让他们按剧本的要求表演一段主角的念白。这意味着要经过百里挑一的艰苦角逐。

吉娜到了纽约后,并没有急于去美发店漂染头发和买靓衫,而是费尽周折从一个化妆师手里拿到了将排的剧本。这以后的两天中,吉娜闭门苦读,悄悄演练。初试那天,当其他应征者都按常规介绍着自己的表演经历时,吉娜却要求现场表演那个剧目的念白,最终以精心的准备出奇制胜。

就这样,吉娜来到纽约第三天,就顺利地进入了百老汇,穿上了她演艺人生中的第一双红舞鞋。

生活就是这样不可思议。每个人都把理想当作太阳,不同的只是,有人企望沐浴着温暖悠闲地前进,有人却敢于立刻踏进遥望理想的冰流,在逆境中前行。而开启梦想之门的钥匙常常就藏匿在激流暗涌中,如果你耽于观望和等待,理想就永远是一轮止于仰望的太阳。

我要对你说

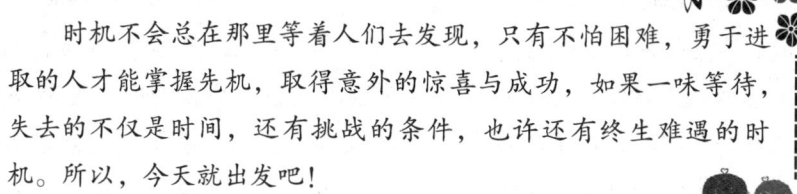

时机不会总在那里等着人们去发现,只有不怕困难,勇于进取的人才能掌握先机,取得意外的惊喜与成功,如果一味等待,失去的不仅是时间,还有挑战的条件,也许还有终生难遇的时机。所以,今天就出发吧!

真正的赢家

[美] 凯·艾伦堡

在即将举行的美少女大赛中,我有幸入围,成为候选人之一。

在这个重要日子来临的几个月前,我在家门前的草坪上练习体操。在屋内传来的音乐伴奏下,我练习翻跟头和侧手翻。我还自学成才,学会了半空翻,并能轻而易举地做出"搭桥"动作。在音乐的伴奏下,我一遍又一遍地翻跟头。左邻右舍已经厌倦了日复一日地听同一首曲子,但他们知道这个瘦得皮包骨头的14岁小姑娘想要达到的梦想,所以他们从不抱怨。

一个星期天的下午,我们进行服装秀排演。

我站在舞台上,那首熟悉的曲子响起。我感到自己是如此优雅和美丽,生命中我第一次感到自己是如此不同寻常。我从未指望会拿大奖,因为我知道我争不过那些线条优美的大姑娘们,但我全力以赴地为比赛做准备,与她们站在了同一起跑线上。

在做空翻时,我出了点小差错,结果两脚的大拇趾先着了地。十趾连心,脚上传来尖锐的痛楚。尽管如此,我还是坚持把动作做完了。哥哥尼尔留意到我脸上的痛苦表情。在我跑向后台更衣室时,他紧跟着我,在外面等我。我哭着走出来,给他看我的双脚和双腿,从指尖到双膝以上的部位都是又青又紫。我知道,我要么是扭伤了,要么是两个大脚趾骨折了。

大奖赛将在次日晚上拉开序幕。一想到我的梦想可能和脚趾骨一样破裂,尼尔和我沮丧到了极点。在回家的路上,我俩都一言不发。我想到父母为我参赛花了那么多钱,尤其是正式的表演服装。刚到家,父母一看到尼尔搀扶着我走出汽车,马上知道出了问题。我给他们看我受伤的部位,爸爸说:"亲爱的,你知道你明天晚上不能再表演翻跟头了,对不对?"

"不,我能行!"我噙着眼泪说。

"我有个好主意。"妈妈大声宣布,看样子是想找到一个更好的方法。"你可以弹钢琴呀。"我坐下来,演奏我7岁那年经常练习的一支曲子。不过,听起来完全不是当年那回事。

我们都知道,我的真正才能还是我的体操表演。如果我无法表演翻跟头,就只能弃权了。

第二天下午,爸爸用绷带紧紧地绑住我的脚趾。我穿上高跟鞋练习走路。穿上正式的表演鞋,迈着优雅的舞台步,的确痛得钻心,但我心意已决。出发前,爸爸走上前拥抱着我。

"你确定你想这么做吗,亲爱的?"他问道,"你知道你并不一定非做不可。"

"我确定。"我说,然后一瘸一拐地走向汽车。

我们到了大剧院,参加为期两个晚上的大赛。才艺比赛开始,轮到我上场了。尽管台下有几百名观众,全场仍静得连一根针掉到地上都听得见。舞台上的帷幕缓缓拉开,我开始表演。我表演得非常出色——也许是我近一段时间以来的最佳表现。音乐结束后,司仪走上台来宣布,我是在两根脚趾骨折后还坚持表演的。观众全体起立,为我热烈鼓掌。

次日晚上,评委要宣布12名闯入决赛者的名单,所有的参赛者都排队

站在后台等候。正当我们准备走上舞台等着评委的最后"宣判"时，一位评委走过来叫住我，"请你过来一下，好吗？"

我们一起走到后门，一位女士拥抱了我。"我8岁的儿子今晚不能来了，"她说，"他生病了。他让我转告你，你是他最喜欢的选手，即使你无法最终获得桂冠，你仍是真正的赢家。"

我要对你说

想要达成自己的目标就要不断地努力，要超越别人，就要先超越自己。其实实现理想的过程中，最大的敌人就是自己，只要超越了原来的那个自己，你就不再会畏惧前面的任何人。

建造自己的房子

鲁先圣

当我们在为一个企业、组织或者国家做事的时候,我们是否会像在为自己做事一样尽心尽力呢?

有一个有趣的故事是这样的:一个上了年纪的木匠准备退休了。雇主很感谢他为自己服务多年,问他能不能再建最后一栋房子。木匠答应了。可是,木匠的心思已经不在干活上了,他干活马马虎虎,偷工减料,用劣质的材料随随便便地把房子盖好了。完工以后,雇主拍拍木匠的肩膀,诚恳地说:"房子归你了,这是我送给你的礼物。"

木匠惊呆了。如果他知道他是在为自己建房子,他一定会用最优质的建材、最高明的技术,然而现在呢,房子却建成了"豆腐渣工程"!可是一切都已经来不及了。

我们每个人都可能是这个木匠。每天，我们砌一块砖，钉一块木板，垒一面墙，最后我们发现，我们居然不得不居住在自己建成的房子里。可是，到那时，一切都已经注定，已经无法回头了。这就是人生，充满了遗憾和嘲弄。

再也没有比"我只是为别人在工作"这种观念更伤害我们自己的了。人生中最重要的事，就是及早认识到，我们是自己命运的播种者。我们今天所做的一切，都会在将来深深地影响到自己的命运。种瓜得瓜，种豆得豆，几分耕耘，就有几分收获。

认识到我们是在为自己工作，就意味着自我负责和自我激励。一个人只有自己对自己负责，自己激励自己进步，才能掌握自己的命运。这是最根本的问题。如果我们甚至不愿意对自己负责任，不愿意自己督促自己进步，那将不会再有力量使我们在这个社会上站稳脚跟了。有些人得过且过，做一天和尚撞一天钟，整天混日子；他们的心思没有放在工作上，只有在老板面前才会装装样子；有些人看上去忙忙碌碌，可是并不用心，只是用这种忙碌的假相欺骗自己；有些人见了责任就躲，不肯多做一点事；有些人无法面对挑战，自己给自己设限，认为自己这也做不了，那也做不了，稍微有些难度的工作自己就先打退堂鼓了。

没有付出，当然不会有回报，即使你的环境、你的工作、你的老板、你的同事有再多不令人满意的地方，你也应该知道，你的所作所为，是为了你自己，而不是为了他们。这是我们自己的工作，我们自己的人生，一切的恶习，最后受伤

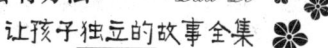

害的人只能是我们自己。你能伤害到别人吗?不能!你不努力,你的老板可能受损失,但是你失去的更多!你失去了一个充实美好的人生。

不论我们处于何种境地,事实上我们都是在为自己工作,我们时刻都在建造自己的房子。如果明白了这一点,命运也就掌握在了自己手中。

我要对你说

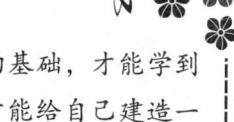

做人应该脚踏实地,只有给自己打好坚实的基础,才能学到真正的本领和技能,才能更稳定地向前发展,才能给自己建造一座坚实漂亮的房子。

第一个被录取的人

张小失

某大公司招聘人才，应聘者云集。其中多为高学历、多证书、有相关工作经验的人。

经过三轮淘汰，还剩下 11 个应聘者，最终将留用 6 个。因此，第四轮总裁亲自面试，将会出现十分"残酷"的竞争场面。

奇怪的是，面试考场出现了 12 个考生。总裁问："谁不是应聘的？"坐在最后一排最右边的一个男子站起："先生，我第一轮就被淘汰了，但我想参加一下面试。"

在场的人都笑了，包括站在门口闲看的老头子。总裁饶有兴趣地问："你第一关过不了，来这儿有什么意义呢？"男子说："我掌握了很多财富，我本人即是财富。"

大家又一次笑得很开心，觉得此人不是太狂妄，就是脑子有毛病。男子说："我只有一个本科学历，一个中级职称，但我有 11 年的工作经验，曾在 18 家公司任过职……"总裁打断他："你的学历、职称都不算高，工作 11 年倒是很不错，但先后跳槽 18 家公司，太令人吃惊了，我不欣赏。"

男子站起身："先生，我没有跳槽，而是那 18 家公司先后倒闭了。"在场的人第三次笑了。一个考生说："你真是倒霉蛋！"男子也笑了："相反。我认为这就是我的财富！我不倒霉，我只有 31 岁。"

这时，站在门口的老头子走进来，给总裁倒茶。男子继续说："我很了解那 18 家公司，我曾与大伙努力挽救那些公司。虽然不成功，但我从那些公司的错误与失败中学到了许多东西,很多人只是追求成功的经验,而我,更有经验避免错误与失败。"

男子离开座位,一边转身一边说:"我深知,成功的经验大抵相似,而失败的原因各有不同。与其用11年学习成功经验,不如用同样的时间研究错误与失败。别人的成功经历很难成为我们的财富,但别人的失败却是!"

男子就要出门了,忽然又回过头:"这11年经历的18家公司,培养、锻炼了我对人、对事、对未来的敏锐洞察力,举个小例子吧——真正的考官,不是您,而是这位倒茶的老人。"

全场11个考生哗然,惊愕地盯着倒茶的老头。那老头笑了:"很好!你第一个被录取了,因为我急于知道——我的表演为何失败。"

我要对你说

凡事都有转变的余地,重要的是你如何发现转变的机会。失败并不可怕,可贵的是在失败的过程中有所收获,有所感悟,这样的失败将会成为你转败为胜的第一要素。

身后的眼睛

曾 平

那是一头野猪。

皎洁的月光洒在波澜起伏的苞谷林上,也洒在对熟透的苞谷棒子垂涎欲滴的野猪身上。孩子的眼睛睁得圆圆的,野猪的眼睛也睁得圆圆的,孩子和野猪对视着。

孩子的身后是一个临时搭建的窝棚,那是前几天他的父亲忙碌了一个下午的结果。窝棚的四周,是茂密的苞谷林,山风一吹,哗啦哗啦地响个不停。

孩子把手中的木棒攥得水淋淋的,这是他目前唯一的武器和依靠。孩子的牙死死地咬紧,他怕自己一泄气,野猪趁势占了他的便宜。他是向父亲保证了的,他说他会比父亲看护得更好。父亲回家吃晚饭去了。

野猪的肚子已经多次轰隆隆地响个不停。野猪目露凶光,龇开满嘴獠牙。它向前一连迈出了三大步。

孩子已经能嗅到野猪扑面而来的臊气。

孩子完全可以放开喉咙喊他的父亲母亲。家就在不远的山坡下。但孩子没有,孩子握着木棒,勇敢地向野猪冲上去,尽管只有一小步。这已经让野猪吃惊不已。野猪没有料到孩子居然敢向它发起反击。野猪嗷嗷地叫个不停。野猪的头猛地一缩，它准备拼着全身的力气和重量冲向孩子。

在窝棚的一个角落，一个汉子举起了猎枪。正在他准备扣动扳机的时候，一双手拦住了汉子的猎枪。

那汉子就是孩子的父亲。拦住孩子父亲的是孩子的母亲。

孩子的母亲一边拦住孩子的父亲，一边悄悄地对孩子的父亲说："我们只需要一双眼睛！"

汉子只好收回那只蓄势待发的手。

孩子的父亲和母亲的眼睛全盯在孩子和野猪身上。月光洒在孩子父母紧张的脸上，一点也掩饰不住他们的担心。孩子的父母已经躲在窝棚的角落很长时间了。

孩子没有退缩，也没有呼喊。他死死地咬紧牙，举起木棒严阵以待。

野猪和孩子对视着。

野猪恨不得吞了孩子。

孩子恨不得将手中的木棒插进野猪龇着獠牙的嘴里。

野猪呼噜呼噜喘着粗气。

听得见孩子的心咚咚跳动的声音。

月光照在孩子的脸上，青幽幽的。一层细汗，从孩子的额头，缓缓地沁出。

野猪的身子立了起来。

孩子的木棒举过了头顶。

他们都在积蓄力量。

突然，野猪扭转头，一溜烟地跑了。

孩子长长地吐了一口气，他一屁股瘫在了地上。

孩子的父母长长地吐了一口气，他们走了过来。父亲激动地说："儿子，你一个人打跑了一头野猪！"父亲的脸上满是得意。

孩子看见父母从窝棚里走出来，突然扑向母亲的怀抱，号啕大哭。孩子不依不饶，小拳头擂在母亲的胸上，说："你们为什么不帮我打野猪?"一点也没有了先前的勇敢和顽强。

孩子的母亲抱起孩子,认真地说:"我们帮了你啊!我和你父亲用眼睛在帮你!"

孩子似懂非懂。他只好又仔细地看了看父母的眼睛。父母的眼睛和平时一模一样,怎么帮的啊?

那孩子就是我。那年我7岁。

我要对你说

面对险境,我们要机智勇敢,更要依靠自己,一味地依靠别人是不会成长起来的,只有勇敢地面对敌人并相信自己的力量,才能战胜一切困难,获得成功。

快乐是最好的药

罗 西

美国的盖洛普民意测验组织,对世界上18个国家的人做了一次关于"你是否快乐"的抽样调查。参加测试的人数近27万,结果表明,冰岛人是世界上最快乐的人,82%的冰岛人表示满意自己的生活。

冰岛位于寒冷的北大西洋,也是世界上拥有活火山最多的国家之一,还有11748平方公里的冰川,堪称"水深火热";冬天更是长夜漫漫,每天有20小时是黑夜,可谓"暗无天日"。可是,就在如此恶劣的生存条件下,冰岛人的平均寿命雄踞世界之首。

冰岛的心理学家索罗尔非认为,冰岛人的快乐,是因为他们学会了与恶劣的大自然相处之道——艰难困苦教会了他们如何敞开心胸,从而对生活中的问题抱以宽容。

我曾经接触一位冰岛学者。在他看来,如果你自己好了,周围的一切都将是好的。他是个酒鬼的儿子,但是他没有沉沦,最初靠打鱼为生,因为后来觉得"中国菜好吃"——就这么一个简单的理由,让他喜欢上了中国的文化……他说,不存在什么命中注定的受害者,每个人都是自己命运的主宰,每个人都可以通过改变对世界的看法来改变自己的命运。在冰岛,"愚蠢"的同义词是"多虑"或"心胸狭隘"。

我有些不理解，那位学者笑着问我："一个人如果只发挥了10%的聪明才智，那剩下的90%都干什么用？"

我困惑地摇头，他幽默地回答："找阿司匹林治头痛！"因为一个聪明的人，他会用100%的心去寻找快乐。快乐是最好的药，而且没有副作用。最具智慧的人才会算好这笔账，但很多人不懂这些。

最傻的不是白痴，而是不快乐的人。快乐的人有开阔的心胸，通过改善心理状态，让自己眼前明亮起来，并且看到未来的光辉。如果说，这世界上有什么最宝贵的东西，那就是——每个人都有一颗快乐的心。

我要对你说

快乐就像一串铃声清悦的风铃，让我们的心随着清脆的响声飘向远方的天空；快乐就像一剂心灵的良药，医治了我们心中的痼疾。学着寻找快乐，让心灵像小鸟，飞过海洋，飞向太阳……

命运需要执着

月 阙

曾听过这样一个故事。

乔女士曾是一个企业的员工,后因公司破产下岗了,几个月也没有找到满意的工作,一次她偶然得知一家著名的香港公司要在上海成立公司,总裁正在寻觅一个合适的人选,公司正好同乔女士原先供职的企业生产同一种产品,对业务她是轻车熟路,但公司的招聘条件却固执而霸道:男,博士生,35岁以下,精通业务。乔女士的文凭只是大专,性别不符,已经38岁,成功的概率几乎为零,但她决定试试,顶着朋友、家人、现实的重重压力,她做好充分的准备,当然也做了接受失败的准备。

在总裁下榻的宾馆房间里。她礼貌地递上自己的简历,可总裁一见她是女的,连看也没看,便要赶她出去。面对拒绝,她没有灰心,不敢再去总裁门口惹麻烦,便守在电梯门口,等他下楼吃饭时,将浓缩成精华的语言告诉总裁,竭力说明自己可以干好这份工作,就这样,一连6天,她如此这般,趁总裁吃饭或外出的空档恰到好处地推销自己。第七天,老板收下了她的简历,并微笑着告诉她:"我很敬佩你的执着,但我也已录用了一个男博士,你请回吧。"

第九天,上海下了大雨,乔女士不顾家人阻拦,毅然又出发了。她想:找一个低一点的工作也行呀。天下着瓢泼大雨，大风卷起一尺高的水气斜掠过来，乔女士艰难地来到总裁住处，却只见总裁一人坐在沙发上抽烟，脸上有些不耐烦的神情。原来总裁在等他的男博士，已经过了约定时间，只可惜这个男博士是个娇贵的人，自认为总裁会取消约定，于是在家等总裁电话。乔女士则趁这次机会向总裁详细讲述了她的看法和经营理念，总裁感到女子也是优秀的。

中午，风停雨消，博士匆匆赶来，总裁怒道："你已经被辞退了，虽然你还未上岗，这位女士将代替你管理公司。"乔女士和博士都怔在那里，总裁说："我曾给过你机会，你不知珍惜，而这位乔女士，虽然条件不及你，但她执着而坚定，公司需要的正是这样的人，乔女士，谢谢你让我做出了正确的决定，你的热情感动了我，祝贺你。"从此，乔女士刻苦钻研，终于在事业上有所成就。

命运不是天定的，事情也不会一成不变，关键要把握机遇，勇敢而执着地向目标迈进，风雨过后是彩虹，下定决心，定能成功。

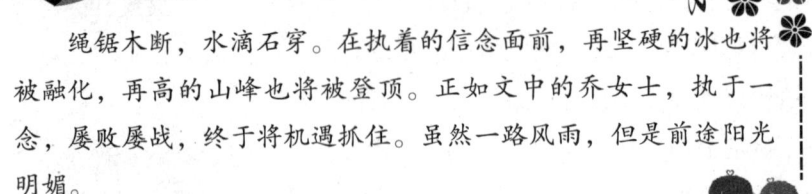

我要对你说

绳锯木断，水滴石穿。在执着的信念面前，再坚硬的冰也将被融化，再高的山峰也将被登顶。正如文中的乔女士，执于一念，屡败屡战，终于将机遇抓住。虽然一路风雨，但是前途阳光明媚。

成功没有时间表

蒋 平

如果一个人年过半百,还会迎来事业、爱情的辉煌吗?在常人眼里,这几乎是不敢想象的事。但有一个人却做到了,而且,她还是一个女人。

她是一名德国人,出生在一个商人家庭,自小便喜欢上演员这个职业。20岁那年,因为天生丽质加上杰出的演技,她被当时的纳粹头目相中,"钦点"成战争专用宣传工具。几年之后,德国战败,她因此受到牵连,被判入狱四年。刑满释放之后,她想重回自己喜爱和熟悉的演艺圈。然而,尽管她才华横溢,演技出众,可由于历史上的污点,主流电影媒介处处对她小心提防、敬而远之,大好的金色年华就这样付诸东流。一晃十几年过去,她,仍然摆脱不掉刑满释放囚犯的影子,没人敢用她,没人敢收容她,甚至,没人敢娶她,年近半百,她依然独来独往、形单影只。

她的50岁生日就这样凄然地来到了。那一天,她大醉了一场,醒来之后,突然作出了一个谁也意想不到的决定:只身深入非洲原始部落,采写、拍摄独家新闻。这之后的两年,她克服重重困难,顶住

心理、生理上的巨大压力，拍摄了大量努巴人生活的影像，这些照片，一举奠定了她在国内摄影界的地位。

她的奋斗精神和曲折经历深深吸引了一位30岁的小伙子，他和她是同行。共同的兴趣和爱好让他们超越了年龄界限，抛开外界舆论走到了一块。在接下来的近半个世纪时光，他们远离人间的一切是是非非，相敬如宾，出入内外交困的非洲部落，深入大西洋海底世界探险，写下了一段浪漫而美丽的爱情。

为了使自己的拍摄才华与神秘的海底世界融为一体，在68岁那年，她开始学潜水。随后，她的作品集中增添了瑰丽的海洋记录，这段海底拍摄生涯一直延伸到她百岁高龄。最后，她以一部长达45分钟的精湛短片《水下世界》树立了纪录电影的一个里程碑，也为自己的艺术生命画上了一个圆满的句号。

这位充满传奇色彩的女性，就是被美国《时代周刊》评为20世纪最有影响的100位艺术家中唯一的女性。她的名字叫莱妮·劳斯塔尔。她凭借前半生失足、后半生瑰丽的传奇经历告诉人们：成功没有时间表。只要时刻保持一腔自信、一颗不息的奋斗雄心，生命的硕果就会永远如影相随。

我要对你说

获取成功，没有年龄限制，只要努力学习，勤奋工作，付出的辛劳终会得到丰硕的回报。请保持一颗自强不息的拼搏之心，成功并不遥远！

勇敢面对自己的苦难

崔儒仁

3年前,李文宇在一家大公司任职。经理是位40岁上下的男子,一向表情严肃刻板。一次李文宇随他外出,在飞往重庆的客机上,他向李文宇吐露了一件藏在心里已久的隐私。应该说,在那个时候,作为李文宇心目中威严的上司,他说的那个话题让他受窘又惊诧不已。

"10年前,我受雇于一家染织公司当业务员,由于我的勤劳能干,大量欠款源源不断地收回,公司颓败的景象颇有改观。老板也很赏识我,几次邀我到他家吃饭。就在这时,他唯一的女儿悄悄地爱上了我,常常送一些精美的小玩意儿给我。我起初不敢接受,后来碍于情面只得收下。就这样过了两年,当有一天我告诉她我不能再给予她太多时,她一气之下寻了短见。

"她的两个哥哥咆哮不止，扬言非要我偿命不可。那时我手里已有了为数不少的积蓄，很多人劝我一走了之。我没有这样做，心里只有一个念头：事因既然在我，我必须回去面对这一切，是死是活无关紧要。

"当我走进她的家门，一群人向我扑来，可她的父亲——我的老板向其他人摆了摆手，走上来紧握着我的手，良久才缓缓说了这么一句话——一个女人愿意为你献身，说明你是一个不同凡响的人；你敢来面对这一切，说明你是一个有血有肉的人。"

说到这里他停住了，好一会儿再也无语。但李文字知道，他已经给了他一个最好的人生哲理：对于你自己造成的耻辱，除了勇敢地去面对，别无选择！

望着他沉郁又冷峻的脸，李文字想：他事业的辉煌与腾达，是不是也得益于这一信条呢？

我要对你说

当苦难把你的晴空变成阴霾，不要试图另寻一片晴空，勇敢地站出来面对它，因为太阳始终存在，只是暂时被乌云遮住了！请牢记，乌云终究是遮不住太阳的，用自己的努力和信念去驱散乌云吧！

人生舞台的三个要素

肖 剑

最近有三件小事引起我长久的思考。

第一件事情：

在某个国家机关工作的朋友就调动工作一事征求我的意见。朋友原来的工作单位是国家的一个部级单位，他的专业是法律，现任职务是正处长。近期，他们单位在进行一系列的改革，他的工作业务一下子减少了好多，变得日益清闲起来。这时，有两家他们原来的下属企业都向他发出了邀请，有意让他去主持一个部门的工作。

朋友很犹豫：一是自己现在是正处级，在现在的单位平稳地干下去，赶退休前混个局级应该说没有多大问题，那么到一个新单位会怎么样？二是这么多年在机关，到企业后能否适应？三是如果动的话，应该去哪一家企业？

我的意见很明确：既然现在无事可做，在此处再待下去就是养老。从机关到企业是有个适应的过程，现在才三十多岁就没有勇气去做了，那么以后更不会有这样的勇气。我说："做什么都有风险，可是我们三十多岁，正是人生的黄金时期，这时候什么都不做才是最大的风险。具体去哪家，你比我了解情况，你自己作决定。"朋友听进了我的意见，现在已经到一家企业去上班了。

第二件事是从我的一个老同学那儿听来的。他是我老家某县的公安局长，来京出差。多年未见，我们把酒长聊，他说在他职业生涯中有一件小事给他很大的触动。基层公安的经费很紧张，他们搞刑侦的尤其如

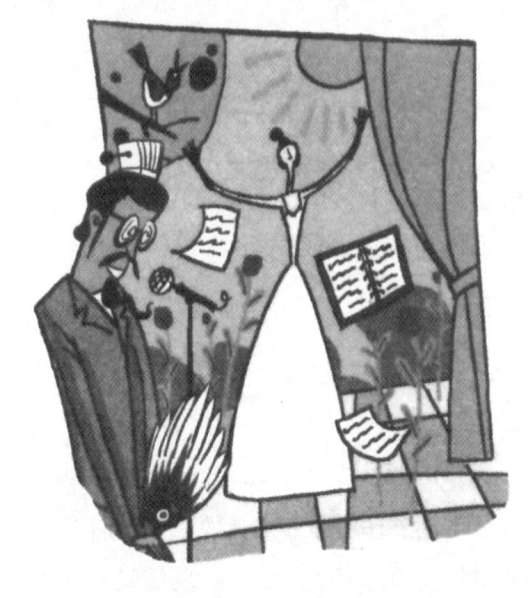

此，当年他做侦察员时，有一次为了出差办案子去找领导要钱，单位里没经费，而且领导也正在气头上，脱口就来了一句："有钱谁不会干啊？还要你这个高材生做什么？"

当时他很委屈，事后领导也向他解释和道歉，但这句话却对他触动很大：是啊，条件不好，大家都在抱怨，还有一些同事转行跳槽。可正因如此，方显英雄本色啊，谁都能干得了的事，又怎么会显示出你的能力和本事呢？正因为不好做，才越要把它做好！

就凭着这股气概，他坚持了下来，没有止步于客观条件的制约，尽可能少花钱多办事，甚至不花钱也要想办法办事。这些年来，他没少吃苦，没少干活，可他步步高升，是我们同学中升迁最快的一位。

第三件事情：

前不久我开除了手下的一个编辑。这个编辑希望自己能尽快写出一本"名著"，以改变自己窘迫的经济状况。可实际上他志大才疏，眼界、学识、经验以及创作才华都非常有限，至少在目前他只能做一个合格的编辑而不可能成为大作家。我们单位规定编辑可以根据其策划和完成的图书的销量提成，如果他踏踏实实地做好本职工作，他应该会有可观的收入。但是，他在完成手头具体工作时，总犯一些很低级的错误，因为他心不在焉，总念念不忘构思和创作他的"名著"。

我提醒过他几次：财富就在眼前，就在你手头的工作当中，这些看似平常的图书虽然跟名著无法相提并论，但它们都是有固定的读者群、很有市场潜力的常销书，只要你用心去做，书的质量比别人的好，销量肯定没问题，那么你的收入也差不了。想当作家挣大钱没错，但是你必须先学习、积累，做好手头的工作，解决眼前的经济问题。

但是他依然如故，还在做着写出一本惊世名著的美梦。最后，我只好请他走人了。

这几件表面看来毫不相关的事情，却可归结出我们走向成功的逻辑顺序：

首先，在我们有限的生命中，我们做任何事情都会有风险，但是，如果什么都不做，安于平庸混日子，那才是最大的风险。人生的黄金时间就这么几年，经常听到一些老前辈抱怨他们的人生悲剧：那时候，我想怎么怎么，可领导、单位怎么怎么，这一晃，就退休了，再想登台表演，也没有机会了。今天时代给我们提供了很多机会，难道我们怕登台吗？给了你舞台你不上，等退休了回家向孩子抱怨吗？

其次，你要做任何事情时，都不可能万事俱备只欠东风，一切条件都放在那里等你去成功。没有条件，要你自己去创造条件。也许正是因为没有条件，别人都放弃了，才正好给你留下了机会。也只有在这个过程中，才能显示出你的过人之处。

再者，一旦你选择了做一件事情，就一定要把它做得比别人好，你一切的财富、机会和希望其实就在手头的事情中。看似平常的生意和事情，只要你用心去做，就会有好的回报；你要想获得超过平均利润的财富，那你就要拥有超过常人的智慧或付出更多的努力；眼前的事情做不好，三心二意地幻想着下一个机会和别的事情是没有用的。

人生如戏。一则有机会登台时不可畏首畏尾，怕担风险而退缩；二则也许没有现成的舞台，也许舞台的条件不好，这要你

自己去创造和改善；三则只要你在台上，不管正扮演什么角色，都要尽全力演得比别人好，唯如此，你才有更重要的角色、更好的机会和更多的收获。

我要对你说

　　做事情首先要有冒险精神，不能畏首畏尾；其次要尽自己的能力去创造条件；最后一定要用心地去做，坚定信念，永不放弃。只有这样，你才会有更多的收获。

第一位黑人州长

章剑和

罗杰·罗尔斯是纽约历史上第一位黑人州长,他出生在纽约声名狼藉的大沙头贫民窟。在这儿出生的孩子,长大后很少有人获得较体面的职业。然而,罗杰·罗尔斯是个例外,他不仅考入了大学,而且成了州长。在他就职的记者招待会上,罗尔斯对自己的奋斗史只字不提,他仅说了一个非常陌生的名字——皮尔·保罗。后来人们才知道,皮尔·保罗是他小学的一位校长。

1961年,皮尔·保罗被聘为诺必塔小学的董事兼校长。当时正值美国嬉皮士流行的时代。他走进大沙头诺必塔小学的时候,发现这儿的穷孩子比"迷惘的一代"还要无所事事,他们旷课、斗殴,甚至砸烂教室的黑板。当罗尔斯从窗台上跳下,伸着小手走向讲台时,皮尔·保罗说,我一看你修长的小拇指就知道,将来你是纽约州的州长。当时罗尔斯大吃一惊,因为长这么大,只有他奶奶让他振奋过一次,说他可以成为5吨重的船的船长。这一次皮尔·保罗先生竟说他可以成为纽约州州长,着实出乎他的意料,他记下了这句话,并且相信了它。从那天起,纽约州州长就像一面旗帜,他的衣服不

再沾满泥土,他说话时也不再夹杂污言秽语,他开始挺直腰杆走路,他成了班主席。在以后的四十多年间,他没有一天不按州长的身份要求自己。51岁那年,他真的成了州长。

在他的就职演说中,有这么一段话。他说:在这个世界上,信念这种东西任何人都可以免费获得,所有成功者最初都是从一个小小的信念开始的。

我要对你说

信念是内心的光,它照亮了一个人的人生之路;真诚是踏实的步伐,它带你走向心灵的灯塔,成功属于在信念中真诚追求的人。

"狼"来时

胡 杨

朋友下海经商,当年意气风发地去,扑腾一番后却是垂头丧气地归来。面对愁云满面的他,我说:"我给你讲两个小故事吧,两个关于狗与狼的故事。或许对你有所帮助。"

第一个故事来自一组漫画,共四幅。第一幅画中有几只小狗在轻松地朝前走。第二幅画中只见在这群小狗面前突然出现了一群拦住去路的虎视眈眈的狼,小狗们显得有些慌乱。第三幅画中的情形却出乎意料:小狗们排着整齐的队形,昂首挺胸,目不斜视地迈着步子,而惊诧的狼们却避让在两旁,目送它们从容走过。第四幅画的内容是,小狗们离狼稍远便撒腿狂奔,而愚笨的狼这才如梦初醒……

朋友显然被这个故事吸引住了,他的眼里放出

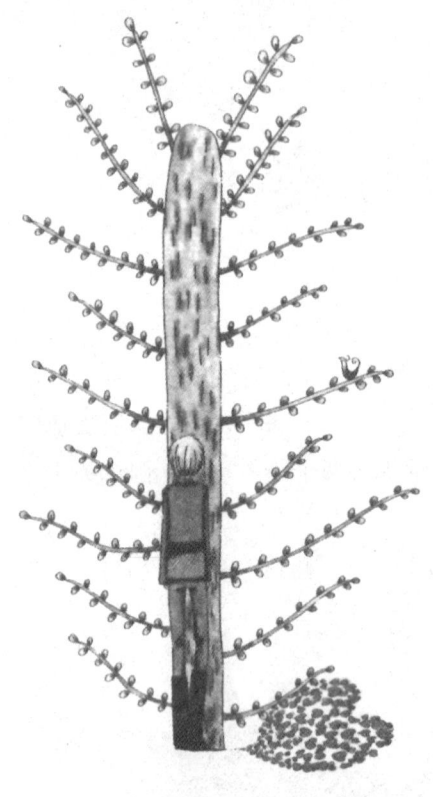

光来，等我话音刚落就催问："那第二个故事呢？"

第二个故事引自美国电影《丛林赤子心》。片中担当主角的明星小狗，在丛林中被一只凶悍的狼盯上了，几次差点落入狼口。当小狗又一次被狼疯狂追逐，眼看难脱厄运时，谁想剧情却急转直下：原来小狗把狼引向的是悬崖，快到崖边时小狗放慢了脚步，而此时迫不及待的狼则猛扑上去，结果跌下了百丈高崖。

故事真的很简单，朋友听完后沉思良久，然后轻轻地说："我懂了……"

朋友是有悟性的人，我相信他确实从两个故事中悟到了一点什么。其实除了我的朋友，我们每个人在生活中都难免碰上这样或那样的"狼"：困难、挫折、灾祸。但"狼"拦住我们的进路时，我们最需要的恐怕是傲视"狼"、直面"狼"的勇气。就像第一个故事中那群小狗，凭着一股超乎寻常的勇气和胆量，竟然惊呆了貌似强大的狼群，进而挣脱了魔爪。如果小狗们在狼的嚣张气焰面前心虚胆怯、溃不成军，那迎接它们的只可能是被扼杀的命运。对人来说又何尝不是如此：你被"狼"吓倒了，你就永远不可能战胜它；只有你敢于向"狼"挑战，保持一份自信和清醒，你才有可能去"吓倒"它。

而第二个故事则启示我们：面对夺魂之"狼"，除了需要勇气之外，我们还需要智慧和谋略。那只丛林中的小狗，硬拼远远不是狼的对手，如果不是借施悬崖之计，它最终只会成为狼的爪下之食，又哪能彻底斗过狼！而当人类面对另一类"狼"时，如果只是一味硬拼蛮干，尽管勇气可嘉，还是奈何不了"狼"，反而会落得个被"狼"收拾掉的败局。当通过寻常的路径难逃"狼"口时，我们应该学会找到一处出奇制胜的"悬崖"，借此巧妙地化解如狼步步紧逼般的困境。

我要对你说

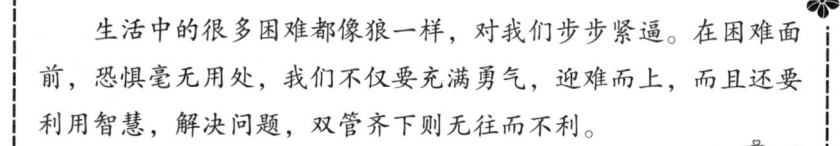

生活中的很多困难都像狼一样，对我们步步紧逼。在困难面前，恐惧毫无用处，我们不仅要充满勇气，迎难而上，而且还要利用智慧，解决问题，双管齐下则无往而不利。

磨剑与磨锥

陈思忠

从前,有一个老铁匠,临死的时候他把两个儿子叫到床前说:"我打了一辈子铁,没有什么东西留给你们,只有两块上等的好铁……"话还没说完,老铁匠就咽了气。

老铁匠有两个儿子,老大是书生,老二是生意人。书生用父亲留下来的那块铁打了一把宝剑,他把宝剑挂在书房,每天睹剑如见父,从此书也读得更加用功,剑也练得更加勤奋,闻鸡起舞,风雨无阻。

生意人把那块铁拿回家,扔在一个不起眼的角落里。后来他妻子做针线的锥子坏了,他就让妻子把那块铁拿去打了一把锥子。

有一天,兄弟俩在村口的磨刀石边相遇了,他们一个是来磨剑,一个是来磨锥子的。老二就笑老大:"我的锥子还能做针线活儿,你那把剑能干什么呢?你能拿着它上阵杀敌吗?我看你那把剑中看不中用,没有一点实用价值,还不如一块废铁。"老大没有和弟弟辩论,磨好剑对弟弟说:"明天我就要带着剑进京赶考,若取得功名,将来必和贤弟共享荣华。"

第二天,书生就背着剑进京赶考去了,那些有剑相伴发愤苦读的日子

没有白过，书生果然皇榜高中，还来不及和弟弟共享荣华，他就皇命加身，被派到边疆去御敌。于是书生又背着剑出发了。在千里边疆，书生意气风发，拔剑发号施令，一举扫平敌寇，立下赫赫战功。旁人问起，书生说是因为有神剑相助。

班师回朝后，在庆功宴上，皇上问起此剑是不是果真那么神奇。

书生说："父亲临终时赠我一块铁，其实就是告诉我要将此铁打磨成器，也就是要我将自己打磨成器，成为有用之材，而不要成为一块废铁。磨剑有如磨己，剑能长我志气，故我能有今日成就。"

后来，弟弟听到哥哥此番言语，不禁羞愧万分。同是一母所生，哥哥将自己打磨成了一把锋利的宝剑，成了国家的栋梁，而他却将自己打磨成了一个整天与针头线脑相伴的锥子，成了一个只贪眼前小利的商人。

唐朝诗人元稹有诗曰："磨剑莫磨锥，磨锥成小利。"此言极是。

生活中，有的人安于现状，不思进取，却称那些有志之人为"野心家"，嘲笑他们自不量力。这种人就像锥子，为了能够得到眼前的小利而欢喜，在钻营之时还不忘扎伤别人。要做一个有志之人，就要把自己磨成一把锋利的好剑，而不要把自己打磨成一个逢利必争的锥子。真正的有志之士只肯磨剑，哪怕是十年磨一剑也在所不惜。因为他们心明如镜：一把锥子只会使人固守一隅，成不了器，而一把宝剑却会把人带向远方，成就一番事业。

我要对你说

"宝剑锋从磨砺出，梅花香自苦寒来。"一个人若想取得成就，获得功名，必须先立大志，并矢志不渝，历经磨炼之后必能成为有用之材。

没有翅膀也飞翔

胡桂英

那是一个黄昏,我看见门前的檐下不知什么时候结了一张很大的蜘蛛网,蜘蛛网结在很高的两檐之间。于是我拿了扫帚要去捣毁它,结果我的扫帚柄太短了,我踮起脚居然还够不着。

这就让我犯疑了,难道蜘蛛也会飞吗?从这个檐角到那个檐头,中间有两米多宽,而且又那么高,蜘蛛是怎样将网结在上面的呢?

带着这个疑问,我把那张蜘蛛网扫破之后,便开始观察蜘蛛结网的过程。

原来蜘蛛并不会飞翔,它在空中架网其实是走了很多弯路的。它先爬上一个檐头,在它选定的位置吐丝,通过剩液将丝牢牢地固定在那一头,然后,它再顺着原路下来,再慢慢地爬上另一个檐角,它一边爬一边吐丝,小心翼翼地翘起尾部,不让黏湿的丝粘在地面的沙石和别的物体上。它像一个老木匠,站在檐角瞄准着水平线,直到它认为高度差不多了,或者说它自己认为满意了,这才收紧尾部的丝线。这回倒有点儿像渔夫拉网了,它收得很慢,很艰难,一点点地收紧,一点点一点点地将线拉直。终于,线这一头的点与那一头的点成了直线距离。它又试了试,觉得牢固了,这才开始放第二根丝。

有了这第一根丝作为桥梁,

接下来的工作就容易多了。尽管在我看来还是相当复杂，但对于蜘蛛却是轻车熟路，它就像是在进行一种愉快的表演似的。很快，一张又大又漂亮的蜘蛛网又结在门口的檐下了。蜘蛛不会飞翔，但它却能把网结在半空中。这不得不让人佩服。

于是，我不禁惭愧起来。很多时候，我们的目标就像是那将要架设在空中的蜘蛛网，看着它的高度，想着它的难度，我们望而生畏了。我们苦于自己没有飞翔的翅膀，于是我们理直气壮地选择了放弃。我们放弃的理由很充分，也许会说我只读到了某某毕业，水平太低；也许会说，我没有这方面的经验，我真的不行；也许会说这不是我的专业，我恐怕做不到……

那就看看蜘蛛吧，它没有翅膀，一样将网凌空架起。如果蜘蛛会说话，就一定能说"鸟儿能做到的事情，蜘蛛为什么不能做到！"我相信，它肯定会这样说的。

真的不要埋怨上帝没有给你飞翔的翅膀，而是该时时问自己是否具备飞翔的素质和勇气。只要动动脑筋，再加上一点勤奋和坚韧，没有翅膀也一样能飞翔。

我要对你说

人生如登山，只要时时仰望峰顶，时时脚踏实地，给自己前进的勇气和动力，努力向所仰望的那个高度攀爬，就一定能接近目标。

带着微笑上路

崔鹤同

　　1998年7月22日，桑兰代表中国参加在纽约市长岛举办的美国友好运动会，不幸因体操练习中意外失手造成脊髓严重挫伤继而瘫痪。但是这个阳光女孩用她的努力和坚强，以"桑兰式微笑"征服了无数世人。她继国际著名影星成龙之后，成为了2008年申奥形象大使，也是2008年北京奥运会火炬手。由她发起，经中华国际医学交流基金会研究同意，设立了中华国际医学交流基金会——桑兰专项基金。她不仅加盟了星空卫视，成为《桑兰2008》节目的主持人，而且在众多媒体上开设了自己的体育评述专栏。

　　是的，十年来，桑兰带着灿烂的微笑，一路前行。她灿烂的微笑和微笑着的人生，感动了世界。听说一个女孩急急忙忙地准备出门参加一个重要聚会，母亲检查了女儿的行装，确实无可挑剔之后，又幽默地叮嘱了一句："别忘了带着微笑上路！"

　　带着微笑上路！说得多好！

　　人的一生就是一个行走的过程。人生之路，既有通都大邑，也有羊肠小道，既有鸟语花香，阳光灿烂，也有冰天雪地，阴云密布。无论什么时候，

遇到什么情景，无论是顺境还是逆境，都要心存坦然，乐观面对，带着微笑上路，勇往直前。

　　带着微笑上路是一种豁达。人生在世，既会成功、富有、幸福和欢愉，也会失败、贫穷、受难和痛苦，而且十之八九不尽如人意。因此，要善待得与失，得之淡然，失之坦然。失去了今天，还有明天；太阳落下山，月亮会升起来。留得青山在，不怕没柴烧。在困顿与窘境中带着微笑，是一种超然和大度，犹如雄鹰在狂风中搏击，苍松在冰雪中傲立。

　　带着微笑上路是一种智慧。外国有句谚语：别为打翻的牛奶而哭泣！宋朝诗人杨万里有诗云："风力掀天浪打头，只须一笑不须愁。"事已至此，怨天尤人，悲观失望，只会使人丧失斗志，萎靡不振，畏缩不前。只有乐观面对，才能振奋精神，鼓舞士气，增强战胜困难的决心，从而迎来新的机遇。

　　带着微笑上路是一种希望。在跌倒时微笑，意味着又一次站起；在冰雪中微笑，预示着春天的临近；在失败时微笑，坚定成功的信念；在病痛中微笑，增强战胜疾病的勇气。失去了滔天巨浪，就缺少大海的雄浑；隐息了飞沙走石，就没有沙漠的壮观。人生遇到挫折和磨难，更平添豪迈和壮丽。微笑着走过山重水复，便会迎来柳暗花明。

人生只有一次，活着就是奇迹。善待生命，善待自己。带着微笑上路，在每一个清早，向着天边一抹淡红的晨曦，在每一个春天，面对枝头凸起的苞蕾，在每一次迈出家门，眺望遥远的地平线……带着微笑上路，豪情满怀，精神抖擞，成功和幸福，就在前面守候！

我要对你说

生活未曾有过一帆风顺的幸运，前进的道路上总有许多阴云和风雨。当我们在为跌倒而懊悔时，当我们在为失败而痛心时，别忘了，拍掉尘土，带着微笑上路，前方定会阳光明媚。

成功就是不断超越自己

综 合

曾在一本弗洛伊德的书上读到过这样一则故事：

约翰和汤姆是相邻两家的孩子，他俩从小就在一起玩耍。约翰是一个聪明的孩子，学什么都是一点就通，他知道自己的优势，自然也颇为骄傲。汤姆的脑子没有约翰灵光，尽管他很用功，但成绩却难以进入前10名。与约翰相比，他心里时常流露出一种自卑。然而，他的母亲却总是鼓励他："如果你总是以他人的成绩来衡量自己，你终生也只不过是一个'追逐者'。奔驰的骏马尽管在开始的时候总是呼啸在前，但最终抵达目的地的，却往往是充满耐心和毅力的骆驼。"

约翰自诩是个聪明人，但一生业绩平平，没能成就任何一件大事。而自觉很笨的汤姆却从各个方面充实自己，一点点地超越着自我，最终成就了非凡的业绩。约翰愤愤不平，以致郁郁而终。他的灵魂飞到了天堂后，质问上帝："我的聪明才智远远超过汤姆，我应该比他更伟大才是，可为什么你却让他成了人间的卓越者呢？"上帝笑了笑说："可怜的约翰啊，你至死都没能弄明白：我把每个人送到世上，在他生命的'褡裢'里都放了同样的东西，只不过我把你的聪明放到了'褡裢'的前面，你因

为看到或是触摸到自己的聪明而沾沾自喜,以至于误了自己的一生!而汤姆的聪明却放在了'褡裢'的后面,他因为看不到自己的聪明,总是在仰头看着前方,所以,他一生都在不自觉地迈步向前!"

有些人的沮丧来自于"比较心"。我比别人出身差,我比别人长相差,我比别人运气差,我比……这样子比下去可能比不完。明知"比"的心态不好,但我们仍然要比一比。如果是这样,我们不妨先把镜头朝向自己,想一想从小到大的自己,以及那些不如你的人,再想想自己此时的心情,你将深切体会到一个失败者的心情。

不要对别人路上的风光左顾右盼,这样只会增添自己的烦恼,扰乱自己前进的步伐,回首之际,你会发现你错过了途中向你微笑的花朵。

英国作家约翰·克莱斯可以说是全世界数一数二的多产作家,一共出过564部小说,如果以一年出10本来算,他花了五六十年的时间在写小说。出了那么多书,你可能会以为他是百战百胜的作家,那你就错了,他曾经被退稿达753次。

我要对你说

超越梦想的人会成为成功者,超越自我的人会成为强者。人时刻都在进步,只是我们无法衡量。因此,不要为能力不佳而颓唐怅惘,努力奋斗,我们终将取得胜利。

敬　　启

　　本书的编选参阅了一些报刊和著作,由于多种原因我们未能与部分入选文章作者(或译者)取得联系,在此深表歉意。敬请原作者(或译者)见到本书后,及时与我们联系,我们将按国家有关规定支付稿酬并赠送样书。

联系方式
联 系 人：杨老师
电　　话：18600609599

编委会